Voyage au-delà de mon cerveau

Dr Jill
BOLTE TAYLOR

Voyage au-delà
de mon cerveau

Traduit de l'anglais
par Marie Boudewyn

Collection dirigée
par Ahmed Djouder

Titre original
MY STROKE OF INSIGHT
A BRAIN SCIENTIST'S PERSONAL JOURNEY
publié par Vicking, un département de Penguin Group (USA), Inc.

Le livre qui suit est dédié à G.G.
Merci, maman, de m'avoir aidée à guérir.
S'il y a bien une chose dont je n'ai jamais eu
qu'à me louer, c'est d'être ta fille.
Et à la mémoire de Nia.
Rien ne vaut l'affection d'un chiot.

À cœur ouvert, à cerveau ouvert

Chaque cerveau a son histoire. Voici la mienne. Il y a dix ans, je menais des recherches à la faculté de médecine de Harvard (la Harvard Medical School) en enseignant l'anatomie de l'encéphale à de jeunes médecins. Le 10 décembre 1996, ce fut à mon tour de recevoir une leçon. Ce matin-là, un accident vasculaire cérébral d'un type assez rare s'est produit dans mon hémisphère gauche. Une hémorragie due à une malformation congénitale jamais diagnostiquée des vaisseaux sanguins qui irriguent mon cerveau s'est déclarée sans prévenir. En moins de quatre heures, la neuro-anatomiste que je suis a été le témoin abasourdi de la dégradation de ses facultés mentales. À la fin de la matinée, je ne savais plus marcher ni parler, ni lire, ni écrire et je ne me rappelais même plus à quoi ressemblait mon existence. Recroquevillée en position fœtale, je me suis sentie capituler face à la mort. Pas un instant il ne m'est venu à l'idée qu'un jour l'occasion me serait donnée de raconter mon aventure.

Voici donc le récit de mon odyssée dans les abîmes insondables de mon esprit muet où une profonde quiétude a envahi mon être tout entier. Mon expérience personnelle ne saurait ici se dissocier de mon savoir universitaire : à ma connaissance, aucun neuro-anatomiste n'avait encore témoigné de son rétablissement complet à la suite d'une grave hémorragie cérébrale. Je me réjouis de penser que mon récit connaîtra une large diffusion et qu'il bénéficiera ainsi au plus grand nombre possible de lecteurs.

Aujourd'hui, je me félicite d'être encore en vie et me réjouis des moments qu'il me reste à passer sur cette terre. Ce qui m'a donné la volonté de guérir envers et contre tout, ce sont les gens merveilleux qui m'ont tendu la main en me témoignant une affection inconditionnelle. Si, jusqu'au bout, je suis restée fidèle à mon projet, c'est pour la jeune femme qui m'a contactée, au désespoir de ne pas comprendre pourquoi sa mère, emportée par un AVC, n'a pas eu la présence d'esprit d'alerter les secours. Et aussi pour un délicieux monsieur d'un certain âge qui s'inquiétait de voir souffrir son épouse dans le coma. Je me suis attelée à la tâche (en compagnie de ma fidèle chienne, Nia, blottie sur mes genoux) en pensant aux aides-soignants qui m'ont sollicitée en quête de conseils ou d'un regain d'espoir. J'ai mené à son terme la rédaction de ce livre dans l'intérêt des sept cent mille personnes qui subiront un AVC cette année aux États-Unis (sans oublier, bien sûr, leurs familles). Mes efforts de ces dix dernières années n'auront pas été vains pour peu que mon chapitre sur « Le matin de l'AVC » permette à une seule d'entre elles d'identifier ses symptômes et d'appeler les secours avant qu'il ne soit trop tard.

Mon livre se compose de quatre parties. La première, « Ma vie avant l'AVC », vous présente le Dr Jill Bolte Taylor avant que son cerveau ne se mette en veilleuse. J'y évoque ce qui m'a incitée à mener des recherches sur l'encéphale, mon parcours universitaire, les causes qui me tiennent à cœur ainsi que ma quête personnelle. À l'époque, je vivais à deux cents à l'heure. J'enseignais l'anatomie du cerveau à

Harvard et je sillonnais les États-Unis, avec ma guitare en bandoulière, en tant que membre du comité national de la NAMI, la *National Alliance for Mental Illness* (L'Alliance Nationale pour la Maladie Mentale). Les chapitres qui suivent vous apporteront les précisions nécessaires pour que vous compreniez ce qui s'est passé dans ma tête le matin de mon AVC.

S'il vous est jamais arrivé de vous demander ce qu'on ressent en pareil cas, ruez-vous sur le chapitre intitulé « Le matin de l'AVC ». Vous y embarquerez pour un incroyable périple dans les arcanes de mon esprit, en assistant à la détérioration progressive de ses facultés sous mon regard de scientifique. J'y détaille au passage les processus biologiques à l'origine des déficiences cognitives dont j'ai souffert à mesure que mon hémorragie cérébrale s'aggravait. Je dois vous avouer que mon AVC proprement dit m'a plus éclairée sur le fonctionnement de mon cerveau que l'ensemble de mes années d'études. Au bout de quelques heures, je suis passée par un état de conscience modifié où il me semblait ne plus faire qu'un avec le reste de l'univers ; ce qui m'a permis de comprendre de quelle partie de notre cerveau dépend notre capacité à connaître un état « mystique ».

Si quelqu'un de votre entourage a souffert d'un AVC ou de tout autre type de traumatisme cérébral, les chapitres que je consacre à mon rétablissement vous apporteront un soutien précieux. J'y raconte ma guérison, pas à pas, en fournissant plus de cinquante conseils sur ce qui m'a semblé nécessaire (ou pas) pour me rétablir. Pour plus de commodité, vous retrouverez ma liste de recommandations en appendice. Je souhaite de tout cœur que vous la diffusiez auprès de tous ceux que vous estimerez susceptibles d'en bénéficier.

Enfin, je conclurai en vous faisant part de ce que mon AVC m'a appris sur le fonctionnement de mon cerveau. Vous comprendrez à ce moment-là que le livre que vous tenez entre les mains ne traite pas vraiment des AVC. En réalité, mon AVC a eu pour moi valeur de révélation. Ce qui m'intéresse avant tout, c'est l'admirable résilience du cerveau humain et sa faculté de recouvrer ses fonctions en s'adaptant en permanence au changement. En dernier ressort, mon livre décrit l'odyssée de ma conscience dans mon hémisphère droit, où une profonde quiétude m'a envahie. Si j'ai choisi de ramener mon hémisphère gauche à la vie, c'est aussi dans l'espoir d'aider d'autres que moi à connaître la paix intérieure sans qu'ils aient pour autant à subir le traumatisme d'un AVC ! Quoi qu'il en soit, j'espère du fond du cœur que vous ne serez pas déçu du voyage...

1

Ma vie avant l'AVC

Je me présente : Jill Bolte Taylor, neuro-anatomiste reconnue, auteur d'un nombre respectable de publications scientifiques. J'ai grandi à Terre Haute, dans l'Indiana. L'un de mes frères, mon aîné d'un an et demi à peine, souffre de schizophrénie. Officiellement, on lui a diagnostiqué sa maladie après son trente et unième anniversaire, mais il manifestait des signes évidents de psychose depuis de nombreuses années. Déjà, pendant notre enfance, il entretenait un rapport à la réalité assez éloigné du mien ; ce qui ne manquait pas de rejaillir sur son comportement. Voilà sans doute pourquoi le cerveau humain m'a très tôt fascinée. Je me demandais comment mon frère et moi pouvions vivre les mêmes expériences en leur donnant des interprétations radicalement opposées. Ce sont nos différences dans notre perception de notre environnement et notre traitement des informations qui m'ont incitée à devenir une spécialiste de l'encéphale.

J'ai entamé mes études supérieures à l'université de l'Indiana, à Bloomington, à la fin des années 1970. Compte tenu de mes rapports particuliers avec mon frère, j'avais hâte de découvrir ce que signifiait le concept de « normalité » sur le plan neurologique. À l'époque, les neurosciences constituaient un champ d'étude tellement récent que l'université de l'Indiana ne proposait pas encore de formation spécialisée dans ce domaine. En m'inscrivant à la fois en psychologie physiologique et en biologie humaine, j'ai appris tout ce qu'il était alors possible de savoir sur l'encéphale.

Mon premier emploi digne de ce nom dans le monde médical fut une véritable bénédiction pour moi. Le centre de Terre Haute pour l'Instruction médicale (une branche de la faculté de médecine de l'université de l'Indiana, dont les locaux se situaient sur le même campus) m'a engagée en tant que technicienne de laboratoire. Je partageais mon temps de travail entre les labos d'anatomie macroscopique et de recherche en neuro-anatomie. Pendant deux ans, je me suis penchée sur l'enseignement de la médecine et, sous la tutelle du Dr Robert C. Murphy, je me suis prise de passion pour la dissection des corps humains.

J'ai ensuite suivi pendant six ans les cours du département de biologie de l'université d'État de l'Indiana destinés aux doctorants (en contournant la voie traditionnelle du master). J'y ai surtout approfondi les connaissances inculquées aux étudiants de médecine de première année en me spécialisant dans la recherche en neuro-anatomie sous la direction du Dr William J. Anderson. En 1991, j'ai soutenu ma thèse de doctorat, qui allait me donner la possibilité d'enseigner l'anatomie macroscopique, la neuro-anatomie et l'histologie dans les écoles de médecine.

La schizophrénie de mon frère a été diagnostiquée en 1988, à l'époque où je travaillais encore à Terre Haute. D'un point de vue biologique, mon frère est la créature la plus proche de moi qui existe dans tout l'univers. Il me tenait à cœur de comprendre pourquoi moi, je parvenais à établir une distinction entre mes fantasmes et la réalité, et pas lui. Qu'est-ce qui, dans le cerveau de mon frère, l'empêchait de cantonner ses rêves à son monde intérieur, au point que ceux-ci se changeaient en hallucinations ? Décidément, j'avais hâte de poursuivre mes recherches sur la schizophrénie.

À ce moment-là, l'opportunité m'a été donnée d'entamer un post-doctorat au département des neurosciences de la faculté de médecine de Harvard. Pendant deux ans, avec le Dr Roger Tootell, je me suis intéressée à la localisation de l'aire médiotemporale (ou aire visuelle V5) dans la partie du cortex visuel qui détecte les mouvements. Ce projet me tenait d'autant plus à cœur qu'on observe des mouvements oculaires anormaux chez un fort pourcentage de schizophrènes invités à suivre du regard la trajectoire d'un objet dans l'espace. Après avoir aidé Roger à identifier l'aire visuelle V5 au niveau anatomique de l'encéphale[1], j'ai écouté ce que me dictait mon cœur en postulant au département de psychiatrie de la faculté de médecine de Harvard. Mon objectif consistait à rejoindre, à l'hôpital McLean, l'équipe du Dr Francine M. Benes, une experte mondialement reconnue de l'étude post mortem de l'encéphale et de ses rapports à la schizophrénie. Je ne voyais pas, à l'époque, de meilleur moyen de contribuer au soulagement de ceux qui souffraient des mêmes troubles mentaux que ceux de mon frère.

La semaine qui a précédé ma prise de poste à l'hôpital McLean, mon père, Hal, et moi nous sommes rendus à la conférence annuelle de l'Alliance Nationale pour la Maladie Mentale (www.nami.org), à Miami. Mon père, un prêtre épiscopalien à la retraite, docteur en psychologie, a toujours été un fervent

---

1. R.B.H. Tootell et J. B. Taylor, « Anatomical Evidence for MT/V5 and Additional Cortical Visual Areas in Man », in *Cerebral Cortex* (jan./fév. 1995), p. 39-55.

défenseur de la justice sociale. Nous espérions l'un et l'autre en apprendre un peu plus sur la NAMI et les moyens concrets de la soutenir dans son engagement. La NAMI est la principale association des États-Unis à venir en aide aux personnes atteintes de troubles mentaux. À l'époque, la NAMI comptait environ quarante mille familles adhérentes, c'est-à-dire dont un membre au moins souffrait d'une maladie psychiatrique. Aujourd'hui, leur nombre s'élève à deux cent vingt mille. Il existe en outre plus de mille cent branches locales de la NAMI qui, d'un bout à l'autre des États-Unis, assurent un soutien psychologique quotidien à leurs membres.

La conférence de Miami a marqué un tournant dans ma vie. Un millier et demi de personnes souffrant de maladies psychiques, accompagnées de leurs proches, s'y sont réunies pour discuter ensemble des difficultés qu'elles rencontraient au quotidien. Avant de faire la connaissance de frères ou de sœurs d'individus atteints de troubles mentaux, je ne me rendais pas compte à quel point la souffrance de mon frère m'avait marquée. En quelques jours, je me suis découvert une seconde famille. Ceux que j'ai rencontrés partageaient à la fois mon inquiétude à l'idée de voir mon frère perdre contact avec la réalité et mon envie de me battre pour qu'il reçoive des soins dignes de ce nom. Ensemble, nous voulions lutter contre l'injustice sociale qui frappe les malades (dont la société a hélas tendance à stigmatiser les troubles) en éclairant le grand public sur l'origine biologique des psychoses. Surtout, il nous tenait à cœur de soutenir la communauté scientifique dans ses efforts pour découvrir un remède aux maladies mentales. En un sens, je me suis trouvée là où il fallait, au moment où il fallait. En tant que neuro-anatomiste, et en tant que sœur d'un schizophrène, je désirais à tout prix aider ceux qui partageaient les souffrances de mon frère. À ce moment-là, j'ai découvert une cause qui méritait que je me dépense sans compter.

La semaine suivante, je suis arrivée à l'hôpital McLean gonflée à bloc et impatiente de participer aux recherches du laboratoire de neurosciences que dirigeait le Dr Francine Benes. Je trépignais à l'idée de me lancer dans l'étude post mortem des causes biologiques de la schizophrénie. Francine, que je surnomme affectueusement « la reine de la schizophrénie », est quelqu'un de fabuleusement efficace, méticuleux et d'une persévérance admirable. Le simple fait de la regarder réfléchir en analysant le résultat de ses découvertes a été pour moi un immense privilège, accompagné d'un incontestable bonheur. En résumé, mon nouveau poste me semblait un rêve devenu réalité. L'étude des cerveaux de schizophrènes m'a donné le but qui me manquait jusque-là dans la vie.

Mon premier jour de travail, Francine m'a toutefois sapé le moral en m'informant d'un manque chronique de tissus cérébraux à disséquer, compte tenu de la rareté des dons de cerveaux de malades mentaux. Je n'en croyais pas mes oreilles ! Je venais de passer près d'une semaine à la conférence de la NAMI, auprès de centaines de personnes dont l'un des proches au moins souffrait d'une grave maladie mentale. Le Dr Lew Judd, ancien directeur de l'Institut National pour la Santé Mentale, avait animé une table ronde où plusieurs scientifiques nous avaient parlé de leurs recherches. Les membres de la NAMI mettaient un point d'honneur à se tenir au courant de l'évolution des connaissances sur l'encéphale. Dans ces conditions, la pénurie de tissus cérébraux défiait mon entendement ! Elle ne pouvait selon moi résulter que d'un manque d'information. Il me semblait hors de doute qu'une fois les adhérents de la NAMI au courant du problème, ils encourageraient les dons de cerveaux au sein de l'organisation.

L'année suivante (en 1994), j'ai été élue membre du comité national de la NAMI. Me retrouver au service de cette fantastique organisation fut pour moi un immense honneur, mais aussi une lourde responsabilité. Bien entendu, il me tenait surtout à cœur de sensibiliser les adhérents à l'urgence des dons de cerveaux, compte tenu du manque de tissus nécessaires aux scientifiques pour mener à bien leurs recherches. À l'époque, les membres de la NAMI étaient en moyenne âgés de soixante-sept ans. Je ne me sentais pas peu fière d'être la plus jeune élue du comité à trente-cinq ans ! J'avais de l'énergie et de l'enthousiasme à revendre !

Mon nouveau statut au sein de la NAMI m'a amenée à prononcer des allocutions aux rassemblements annuels des branches locales de l'alliance, d'un bout à l'autre des États-Unis. Avant que je ne me lance dans l'aventure, la Banque des cerveaux de Harvard (www.brainbank.mclean.org), dont les locaux jouxtaient d'ailleurs le labo du Dr Benes, recevait, bon an mal an, moins de trois cerveaux de malades mentaux ; ce qui suffisait à peine aux travaux de Francine et ne permettait pas à la Banque des cerveaux de fournir des tissus aux autres labos qui en réclamaient. Au bout de quelques mois passés à sillonner les États-Unis en sensibilisant les membres de la NAMI au problème, j'ai vu le nombre de dons augmenter peu à peu. Actuellement, celui-ci tourne autour de vingt-cinq à trente-cinq cerveaux par an, mais la communauté scientifique en aurait bien besoin de trois à quatre fois autant.

Je me suis très vite aperçue que l'idée d'un don de cerveau mettait une partie de mon public mal à l'aise. Quand j'abordais le sujet, une sorte d'illumination se produisait chez mes auditeurs qui se récriaient aussitôt : « Mince alors ! C'est mon cerveau, qu'elle veut ! » Je leur répondais : « Oui, mais ne vous inquiétez pas ; rien ne presse ! » Pour combattre les réticences de mon auditoire, j'ai composé un petit couplet sur la Banque des cerveaux que j'ai entonné dans tous les États-Unis en m'accompagnant à la guitare (www.drjilltaylor.com). Quand la tension dans la salle devenait palpable, je sortais ma guitare et me mettais à chanter. Les paroles de ma composition étaient assez foldingues pour que l'ambiance se détende et que mes auditeurs laissent parler leur cœur en se montrant réceptifs à mon message.

Mon engagement auprès de la NAMI a donné un sens à ma vie. Quant à mon travail au labo du Dr Benes, je n'avais qu'à m'en louer. Mon premier projet de recherche consistait à élaborer avec Francine un protocole qui nous permettrait de visualiser dans un seul et même morceau de tissu cérébral les récepteurs de trois neurotransmetteurs différents (c'est-à-dire de trois sortes de substances chimiques permettant aux cellules de l'encéphale de communiquer entre elles). Notre réussite marquerait un grand pas en avant pour la science dans la mesure où les antipsychotiques les plus récents sont censés agir sur plusieurs neurotransmetteurs à la fois. Nous comprendrions mieux leur délicate interaction en repérant les trois types de récepteurs différents dans le même tissu. Nous voulions nous former une idée plus précise du « câblage » de l'encéphale en découvrant quelles cellules communiquent à l'aide de quelle quantité de telle substance chimique dans telle région du cerveau. En repérant les différences, au niveau cellulaire, entre les cerveaux de malades mentaux et ceux, « témoins », d'individus dits « normaux », nous aiderions la communauté médicale à mettre au point un traitement efficace des troubles psychiques. Au printemps 1995, nos recherches firent la une du *BioTechniques Journal* et, en 1996, elles me valurent le prestigieux prix Mysell du département de psychiatrie de la faculté de médecine de Harvard. En résumé, mon travail me plaisait énormément et je me réjouissais d'en faire profiter la grande famille de la NAMI.

Puis, alors que, la trentaine largement entamée, je m'épanouissais sur le plan professionnel autant que personnel, l'impensable s'est produit. D'un seul coup, mon avenir qui s'annonçait pourtant prometteur a volé en éclats. À mon réveil, le 10 décembre 1996, j'ai compris que je souffrais d'une lésion au cerveau. J'ai subi un AVC. En l'espace de quatre heures, j'ai assisté à la dégradation de mes facultés mentales et de la capacité de mon cerveau à traiter les informations que lui transmettaient mes sens.

Vous piaffez sans doute d'impatience à l'idée de découvrir enfin le récit de ma singulière expérience. J'ai toutefois tenu à vous fournir quelques précisions scientifiques dans les chapitres 2 et 3 afin de vous faciliter la compréhension de ce qui m'est arrivé. Je vous en prie : ne vous laissez pas intimider ! J'ai fait de mon mieux pour que mon texte reste d'un abord facile, en y ajoutant des croquis simplifiés de l'encéphale qui vous aideront à vous former une idée des traumatismes anatomiques responsables de mon expérience. Si vous souhaitez sauter ces chapitres, libre à vous ! mais n'hésitez surtout pas à vous y reporter par la suite. Je vous encourage toutefois à les lire dès maintenant, car, selon moi, ils vous permettront de mieux saisir ce qui s'est passé dans ma tête le jour de mon AVC.

2

Quelques éléments de compréhension

Pour communiquer entre nous, il nous faut partager une certaine perception de la réalité. Mon système nerveux et le vôtre doivent donc présenter une capacité quasi identique à traiter les informations en provenance du monde extérieur avant que vous ou moi n'y réagissions par la pensée, la parole ou l'action.

L'apparition de la vie sur terre fut un événement en tout point remarquable. La « naissance » du premier organisme monocellulaire a coïncidé avec une nouvelle ère du traitement de l'information au niveau moléculaire. La combinaison d'atomes le long de brins d'ADN ou d'ARN a rendu possible l'enregistrement codé de données « stockées » en vue de leur réutilisation future. Les minutes ont cessé de succéder aux heures sans laisser de trace et, en associant un continuum temporel à une double hélice de molécules, la première cellule vivante est parvenue à jeter un pont sur le temps. Les cellules n'ont pas tardé ensuite à se diversifier et à s'assembler avant de produire au final des individus comme vous et moi.

Si l'on en croit la plupart des dictionnaires, toute évolution biologique correspond au développement d'une forme d'organisation cellulaire primitive vers une autre plus complexe. L'ADN conserve en vue de sa transmission un programme génétique capable de s'adapter aux variations incessantes des facteurs environnementaux, tout en tirant profit des occasions qui s'offrent à lui d'évoluer vers un schéma plus complexe encore. Il me semble intéressant de noter que notre code génétique, à nous les êtres humains, se compose des quatre mêmes nucléotides (ou molécules complexes) que celui de n'importe quel autre organisme vivant sur notre planète. Notre ADN nous apparente aux oiseaux, aux reptiles, aux amphibiens, aux autres mammifères et même aux plantes. D'un point de vue purement biologique, chacun de nous est le résultat d'une sélection unique parmi toutes les possibilités génétiques qui existent sur terre.

Et quand bien même nous aimerions croire que l'espèce humaine a atteint une forme de perfection biologique, nous ne sommes pas, quelle que soit par ailleurs la complexité de notre organisme, le résultat d'un programme génétique idéalement abouti. Le cerveau de l'homme évolue sans arrêt. Même les cerveaux de nos ancêtres d'il y a deux ou quatre millénaires ne ressemblent pas tout à fait à ceux de nos contemporains. Le développement du langage a modifié la structure anatomique de notre encéphale ainsi que les interconnexions entre nos neurones.

La plupart des cellules de notre corps meurent avant leur remplacement toutes les quelques semaines ou plus. À l'inverse, les neurones (les cellules de base de notre système nerveux) ne se multiplient pratiquement plus après notre naissance ; ce qui signifie que la majorité des neurones à votre disposition aujourd'hui sont aussi vieux que vous ! La longévité de nos neurones explique en partie la continuité de notre sentiment d'identité d'un bout à l'autre de notre vie. Mais si les cellules de notre cerveau ne se remplacent jamais, leurs connexions, elles, se modifient au fil du temps en fonction de notre vécu.

Le système nerveux d'un être humain se compose d'un millier de milliards de cellules. Il faudrait ainsi multiplier par cent soixante-six les six milliards d'habitants que compte notre planète pour obtenir le nombre de cellules qui en s'associant les unes aux autres ne constituent au final qu'un seul et unique système nerveux !

Notre organisme ne se réduit évidemment pas à notre système nerveux. Un corps d'homme adulte comporte en moyenne cinquante milliers de milliards de cellules, soit huit mille trois cent trente-trois fois plus que les six milliards d'êtres humains qui peuplent la Terre ! Le plus fabuleux reste que cet immense assemblage de cellules osseuses, musculaires, sensorielles, etc., concourt à nous maintenir en bonne santé ! Du moins, la plupart du temps.

L'évolution biologique va presque toujours dans le sens d'une complexité croissante. La Nature, en cela fort efficace, évite de « réinventer la roue » (c'est-à-dire de revenir sur ses acquis) à chaque création d'une nouvelle espèce. À partir du moment où une séquence donnée du patrimoine génétique contribue à la survie de la créature qui en est porteuse (en présidant à la formation en elle d'un cœur qui améliore la circulation de son sang, d'une glande sudoripare qui régule la température de son organisme ou d'un globe oculaire qui lui permet de voir), celle-ci se transmettra même en cas de permutation ultérieure de l'ADN. En somme, chaque nouvelle espèce reprend à son compte un ensemble de séquences génétiques éprouvé par le temps en lui ajoutant un nouveau morceau d'ADN. La Nature dispose ainsi d'un moyen simple mais efficace de transmettre à son innombrable progéniture les fruits de sa longue expérience.

L'avantage d'ajouter sans cesse de nouveaux étages à un édifice génétique ayant déjà fait ses preuves, c'est que d'infimes modifications de l'ADN suffisent à produire des transformations essentielles du point de vue de l'évolution. Croyez-le ou pas, mais il est scientifiquement établi que nous partageons 99,4 % de notre ADN avec les chimpanzés[1].

Il ne faudrait pas en déduire pour autant que nous autres humains descendons en droite ligne de nos amis qui se balancent aux branches des arbres ! Ce qui donne sa valeur à notre patrimoine génétique n'en reste pas moins le fruit d'une évolution plurimillénaire de la Nature. La combinaison de nos molécules d'ADN ne résulte pas d'un hasard, du moins pas entièrement, mais de la quête sans fin d'une forme de perfection génétique par la Nature.

En tant que représentants de l'espèce humaine, vous et moi possédons 99,99 % de gènes identiques. L'évidente diversité qui se manifeste au sein de notre seule espèce nous autorise à supposer que l'infime pourcentage de gènes dissemblables d'un individu à l'autre suffit à expliquer des différences essentielles dans leur apparence, leur comportement et leur mode de pensée.

La partie de notre cerveau qui nous distingue des autres mammifères n'est autre que notre cortex cérébral aux nombreux sillons et circonvolutions. D'autres mammifères possèdent également un cortex cérébral, mais celui des êtres humains est à peu près deux fois plus volumineux, ce pourquoi l'on estime d'ailleurs qu'il fonctionne d'autant mieux. Notre

1. www.pnas.org/cgi/content/full/100/12/7181

cortex cérébral se divise en deux hémisphères aux fonctions complémentaires. (NB : L'ensemble des croquis qui figurent dans ce livre représentent la partie frontale du cerveau à gauche.)

CORTEX CÉRÉBRAL DE L'HOMME

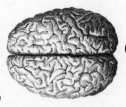

Hémisphère droit

(partie frontale du cerveau)

(partie occipitale du cerveau)

Hémisphère gauche

Les deux hémisphères communiquent par une sorte d'autoroute de l'information : le corps calleux. En dépit de leur spécificité (liée au type de données que chacun d'eux traite), les deux hémisphères, reliés l'un à l'autre, nous fournissent une perception unique et continue de la réalité.

CORPS CALLEUX
(l'« autoroute » par laquelle transite l'information)

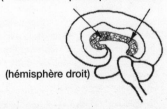

(hémisphère droit)

En ce qui concerne l'anatomie microscopique complexe et le « câblage » de nos cortex cérébraux, la variété constitue la règle et non l'exception ; ce qui explique pour une large part les différences de personnalité d'un individu à l'autre en dépit de la

25

grande similitude de l'anatomie macroscopique de leurs cerveaux (et bien qu'en somme le vôtre ressemble beaucoup au mien). La répartition à leur surface des circonvolutions et des sillons donne à nos cerveaux la même apparence, la même structure et, en dernière analyse, la même fonction. Chacun de nos deux hémisphères cérébraux comporte ainsi une circonvolution temporale supérieure, des circonvolutions pré-centrale et post-centrale, une circonvolution pariétale ascendante ainsi qu'une circonvolution occipitale latérale, pour n'en citer que quelques-unes. Celles-ci se composent à leur tour de groupes de cellules aux connexions et aux fonctions tout à fait spécifiques.

Les cellules de la circonvolution post-centrale nous donnent conscience des stimuli qui bombardent nos sens alors que celles de la circonvolution pré-centrale déterminent notre aptitude à mouvoir les différentes parties de notre corps. Dans votre cerveau comme dans le mien, l'information nerveuse circule entre les divers ensembles de cellules corticales par les mêmes voies. Aussi vos pensées et les miennes prennent-elles naissance de manière assez semblable, la plupart du temps.

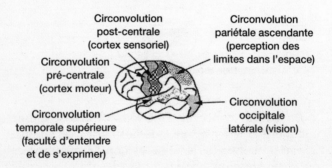

Circonvolution post-centrale (cortex sensoriel)

Circonvolution pariétale ascendante (perception des limites dans l'espace)

Circonvolution pré-centrale (cortex moteur)

Circonvolution temporale supérieure (faculté d'entendre et de s'exprimer)

Circonvolution occipitale latérale (vision)

Les vaisseaux sanguins qui apportent des nutriments à notre cerveau obéissent à une organisation rigoureuse. Les artères cérébrales antérieure, moyenne et postérieure amènent notre sang à chacun de nos deux hémisphères. Des lésions à n'importe quelle partie de l'une ou l'autre de ces artères nous mettraient dans l'incapacité partielle ou même totale d'exercer certaines fonctions cognitives. (Bien entendu, il existe des différences fondamentales entre une lésion à l'hémisphère droit ou au gauche.) Le croquis suivant représente l'artère cérébrale moyenne dans l'hémisphère gauche ; c'est là que s'est produit mon AVC. Une lésion à n'importe laquelle des branches principales de l'artère cérébrale moyenne occasionnera des symptômes identiques d'un individu à l'autre.

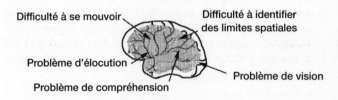

ARTÈRE CÉRÉBRALE MOYENNE
et ses branches principales

Difficulté à se mouvoir

Difficulté à identifier
des limites spatiales

Problème d'élocution

Problème de vision

Problème de compréhension

Les couches superficielles du cortex, sur la surface externe du cerveau, contiennent un type de neurones dont on estime aujourd'hui que seuls les êtres humains en possèdent. Ces neurones, les derniers « ajoutés » au cours de notre évolution en tant qu'espèce, nous rendent aptes à la réflexion logique, dans le cadre d'un système de symboles abstraits comme les mathématiques, par exemple. Les couches plus profondes du cortex cérébral correspondent au système limbique, commun à l'ensemble des mammifères.

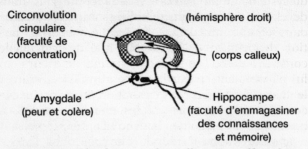

SYSTÈME LIMBIQUE
(vie affective ou émotionnelle)

Circonvolution
cingulaire
(faculté de
concentration)

(hémisphère droit)

(corps calleux)

Amygdale
(peur et colère)

Hippocampe
(faculté d'emmagasiner
des connaissances
et mémoire)

Le système limbique colore d'un état affectif particulier les informations que nous transmettent nos sens. Comme il existe aussi chez d'autres créatures moins évoluées, il arrive qu'on le désigne sous le nom de « cerveau reptilien » ou « cerveau primitif ». Quand nous venons au monde, les cellules de notre système limbique se connectent les unes aux autres en réaction à certains stimuli sensoriels. Il n'est pas anodin de noter que notre système limbique n'évolue ensuite pratiquement plus jusqu'à la fin de nos jours. Voilà pourquoi, même à l'âge adulte, il nous arrive encore de réagir à telle ou telle situation comme lorsque nous avions deux ans.

Au fil de leur évolution, les cellules des couches supérieures de notre cortex, qui forment des réseaux complexes par associations entre elles, nous permettent de considérer sous un angle neuf les instants successifs qui se présentent à nous. Chaque fois que nous comparons les informations que nous transmet la partie pensante de notre encéphale aux réactions automatiques de notre cerveau reptilien, nous réévaluons la situation afin de lui apporter une réponse appropriée.

Il convient ici de souligner que les méthodes d'apprentissage scolaire qui tiennent compte du fonctionnement de notre cerveau s'appuient en réalité sur ce que les neurobiologistes ont compris du système limbique. Il s'agit de créer dans les salles de classe un environnement rassurant et familier dans lequel l'amygdale ne déclenchera aucune réaction de peur ni de colère. Le rôle de l'amygdale consiste à passer en revue les stimuli extérieurs qui lui parviennent en permanence afin de déterminer le niveau de sécurité de la situation présente. La circonvolution cingulaire du système limbique nous permet quant à elle de concentrer notre attention.

Quand les stimuli extérieurs ne présentent aucune anomalie, l'amygdale n'a aucune raison de s'affoler. L'hippocampe voisine emmagasine alors de nouvelles connaissances sans trop de difficultés. Toutefois, dès que des stimuli inhabituels ou menaçants parviennent à notre amygdale, notre anxiété augmente et nous ne pensons plus qu'à nous protéger, au détriment des facultés de mémorisation de notre hippocampe.

Notre système limbique décortique en permanence les informations que nous transmettent nos sens. Lorsque notre cortex cérébral reçoit un message en vue d'une réflexion approfondie, nous lui avons déjà associé un « sentiment » ; de la peine ou du plaisir, par exemple. Bien que beaucoup d'entre nous se plaisent à se considérer comme des créatures pensantes douées de sentiment, d'un point de vue biologique, nous sommes plutôt, et à l'inverse, des créatures sensibles capables de penser.

Compte tenu de la multiplicité d'acceptions du verbe « sentir », j'aimerais préciser où les divers sensations et sentiments prennent naissance dans notre cerveau. La tristesse, la joie, la colère, la frustration ou l'enthousiasme émanent de notre système limbique. Sentir un objet au creux de la main correspond en revanche à une expérience tactile ou kinesthésique qui repose sur le toucher en activant la circonvolution post-centrale du cortex cérébral. Quand quelqu'un parle du sentiment que lui inspire telle ou telle situation (ce que lui dicte son « instinct » par opposition à une réflexion consciente), il évoque en réalité le fruit d'un processus cognitif complexe qui se déroule dans l'hémisphère droit de son cortex cérébral. (Le chapitre 3 traite plus en détail des différences entre nos deux hémisphères cérébraux.)

Ce sont en premier lieu nos sens qui renseignent sur leur environnement les « machines » de traitement de l'information que nous sommes. Bien que la plupart d'entre nous n'en soient pas conscients, nos récepteurs sensoriels réagissent aux variations d'énergie. Tout autour de nous, depuis l'air que nous respirons jusqu'aux matériaux de construction de nos logements, se compose de particules atomiques qui tourbillonnent en permanence en nous baignant dans une mer houleuse de champs électromagnétiques. En définitive, ce sont nos sens qui nous informent de ce qui « est ».

Nos différents systèmes sensoriels se composent d'une succession de neurones qui transmettent sous forme d'influx nerveux à des régions bien précises de notre cerveau les données en provenance de nos récepteurs. Le moindre ensemble de neurones modifie ou amplifie l'information qu'il reçoit avant de la communiquer aux suivants, qui retravaillent à leur tour le message. Lorsque ce dernier atteint les couches supérieures du cortex cérébral, nous prenons enfin conscience du stimulus extérieur qui en est à l'origine. Il suffit toutefois qu'une seule de nos cellules ne fonctionne pas correctement le long de la « chaîne » neuronale pour que notre perception ne corresponde pas à la réalité objective.

Notre champ visuel se compose de milliards de minuscules points ou « pixels ». Chacun d'eux comprend des molécules formées d'atomes en mouvement dont les cellules rétiniennes qui tapissent le fond de nos yeux repèrent les mouvements incessants. Les particules atomiques qui s'agitent à telle ou telle fréquence émettent de l'énergie à une longueur d'onde bien précise qui se traduira dans le cortex visuel (dans la zone occipitale du cerveau) par toute une palette de couleurs. Une image de notre environnement se forme dans notre cerveau lorsque celui-ci regroupe certains pixels en « blocs » distincts les uns des autres. Selon leur orientation, horizontale, verticale ou oblique, ces « blocs » s'associent pour donner naissance à des représentations complexes. D'autres ensembles de cellules ajoutent de la profondeur, de la couleur et du mouvement à ce que nous voyons. La dyslexie, qui correspond à l'inversion de certaines lettres à l'écrit comme à l'oral, offre un parfait exemple d'anomalie fonctionnelle liée à une transmission « anormale » des informations en provenance de nos sens.

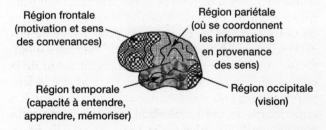

ORGANISATION DU CORTEX

Région frontale
(motivation et sens
des convenances)

Région pariétale
(où se coordonnent
les informations
en provenance
des sens)

Région temporale
(capacité à entendre,
apprendre, mémoriser)

Région occipitale
(vision)

À l'instar de notre vue, notre ouïe repose sur notre capacité à déceler de l'énergie se propageant à différentes longueurs d'onde. Le son provient de la collision de particules atomiques qui viennent heurter notre tympan. Celui-ci identifie les longueurs d'onde sonores au choc spécifique que chacune d'elles produit sur sa membrane. Les cellules ciliées de notre organe de Corti (semblables en cela à nos cellules rétiniennes) traduisent dans notre oreille les vibrations énergétiques en influx nerveux qui parviennent ensuite au cortex auditif dans la région temporale de notre cerveau. C'est alors que nous « entendons » un son.

Cela dit, ce sont encore le goût et l'odorat qui illustrent le mieux notre aptitude à extraire des informations de notre environnement au niveau moléculaire. Chacun de nous possède des récepteurs sensibles aux particules électromagnétiques qui se glissent dans nos narines ou titillent nos papilles mais l'intensité du stimulus nécessaire à la perception d'une odeur ou d'un goût varie beaucoup d'un individu à l'autre. Le système sensoriel de l'odorat, comme celui du goût, se compose d'une succession complexe de cellules. Une simple lésion en n'importe quelle partie du système modifiera nécessairement notre perception de la réalité.

Notre principal organe sensoriel reste encore notre peau. Celle-ci contient une multitude de récepteurs spécifiques qui nous permettent de déceler la plus infime variation de pression ou de température, depuis une caresse jusqu'au seuil de la douleur. Ces récepteurs sont tellement spécialisés que ceux du froid, par exemple, ne perçoivent rien d'autre que le froid.

Au final, ce sont nos réactions spontanées, et uniques, à tel ou tel stimulus qui façonnent notre perception du monde. Si l'on éprouve des difficultés à distinguer du fond sonore les voix de ceux qui nous parlent, on ne saisira que des bribes de leur conversation, et l'on ne jugera d'une situation qu'à partir d'un minimum d'informations. Une mauvaise vue nous contraindra de même à négliger certains détails de notre environnement au détriment de notre capacité à nous y adapter. Un odorat qui ne fonctionne pas comme il le devrait nous empêchera de distinguer un cadre de vie sain d'un autre dangereux pour notre santé, en augmentant notre vulnérabilité. À l'extrême opposé, une sensibilité exacerbée à certains stimuli nous incitera sans doute à les fuir en nous privant ainsi de certains plaisirs simples de la vie.

Les pathologies du système nerveux dont souffrent les mammifères touchent en général les tissus cérébraux qui les distinguent des autres espèces. Les couches supérieures du cortex cérébral s'avèrent ainsi les plus vulnérables chez les êtres humains. Les AVC comptent parmi les maladies les plus invalidantes aux États-Unis. Ils y sont aussi la troisième cause la plus répandue de mortalité. Parce que les AVC se produisent quatre fois plus souvent dans l'hémisphère gauche que dans le droit, ils mettent souvent en péril l'aptitude au langage. Un accident vasculaire cérébral touche, comme son nom l'indique, les vaisseaux sanguins qui apportent de l'oxygène au cerveau. On distingue en général entre les accidents vasculaires ischémiques (prononcez « iskémiques ») et les hémorragiques.

Selon l'Association américaine des victimes d'AVC, 83 % des accidents vasculaires cérébraux sont de type ischémique. Les artères qui irriguent le cerveau s'affinent à mesure qu'elles s'éloignent du cœur afin d'amener aux cellules, y compris aux neurones, l'oxygène indispensable à leur survie. Lors d'un accident vasculaire ischémique, un caillot de sang circule dans l'artère jusqu'à ce que le rétrécissement de son diamètre lui interdise de poursuivre sa route. Le caillot empêche l'oxygène du sang de parvenir aux cellules situées au-delà du « barrage », qui finissent souvent par en mourir. Vu que les neurones ne se régénèrent qu'en de très rares cas, ceux qui disparaissent ne seront a priori jamais remplacés. La fonction qu'ils permettaient au cerveau d'accomplir devient dès lors impossible à réaliser à moins que d'autres neurones évoluent au fil du temps en assumant à leur tour le rôle des précédents. Cela dit, comme chaque cerveau possède un « câblage » neurologique qui lui est propre, chacun de nous est capable à sa manière, unique elle aussi, de se remettre d'un traumatisme.

CAILLOT DE SANG LORS D'UN ACCIDENT VASCULAIRE ISCHÉMIQUE

(l'artère se bloque et empêche l'oxygène d'arriver aux cellules)

Les accidents vasculaires hémorragiques (qui correspondent tout de même à 17 % des AVC) ont lieu lorsque le sang s'échappe des artères pour inonder le cerveau en entrant en contact direct avec les neurones, qu'il détruit alors. La moindre « fuite » risque ainsi d'endommager gravement le cerveau. Une rupture d'anévrisme, un cas particulier d'AVC, se produit lorsque la paroi d'un vaisseau sanguin enfle tout à coup en formant une poche de sang qui finit par éclater en répandant d'importantes quantités de sang à l'intérieur du crâne. Il faut savoir que la moindre hémorragie cérébrale met souvent en danger les jours de celui qui en est victime.

ANÉVRISME
(gonflement de la paroi d'un vaisseau sanguin)

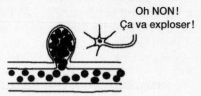

Oh NON !
Ça va exploser !

paroi d'un vaisseau sanguin en temps normal

Une malformation artério-veineuse, c'est-à-dire une configuration anormale des artères, d'origine congénitale, peut être à l'origine d'une forme assez rare d'accident vasculaire hémorragique. Normalement, le sang arrive du cœur dans les artères sous haute pression avant de repartir en sens inverse dans les veines à une pression nettement moindre. Un réseau de capillaires forme entre les deux types de vaisseaux un « coussin de protection ».

ÉCOULEMENT NORMAL DU SANG

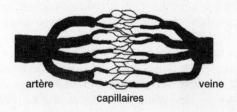

artère   veine

capillaires

En cas de malformation artério-veineuse, une artère est directement reliée à une veine, sans qu'aucun capillaire les sépare. Au fil du temps, la veine a de plus en plus de mal à supporter la forte pression du sang en provenance de l'artère. La connexion entre l'artère et la veine finit par se rompre, et le sang par se déverser dans le cerveau. Bien que les malformations artério-veineuses ne

35

soient responsables que de 2 % des accidents vasculaires hémorragiques [www.ninds.nih.gov], ce sont elles qui expliquent la plupart des AVC qui touchent les jeunes adultes, entre vingt-cinq et quarante-cinq ans. J'ai été victime de mon AVC dans ma trente-huitième année.

MALFORMATION ARTÉRIO-VEINEUSE

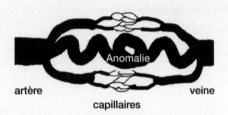

Même en tenant compte de la nature du problème vasculaire (caillot de sang ou hémorragie), il n'y a pas deux AVC aux symptômes identiques, vu qu'il n'y a pas non plus deux cerveaux absolument identiques dans leur structure, leur « câblage » ou leur capacité à se rétablir. Cela dit, on ne saurait évoquer les symptômes d'un AVC sans s'intéresser au préalable aux différences fondamentales entre les hémisphères droit et gauche. Bien que leur structure anatomique soit dans l'ensemble symétrique, chacun d'eux traite les informations, et surtout un certain type d'entre elles, d'une manière tout à fait particulière.

Mieux nous comprendrons l'organisation fonctionnelle des deux hémisphères cérébraux, plus il nous sera facile de prévoir les dégâts qui résulteront de lésions à telle ou telle région de l'encéphale. Et surtout, plus nous apporterons une aide efficace aux victimes d'un AVC désireuses de recouvrer leurs anciennes facultés.

Voici une liste de signes avant-coureurs d'un AVC :

Anesthésie (perte de sensibilité d'une partie du corps)

Violents maux de tête

Confusion mentale (troubles de mémoire)

Aphasie (troubles du langage, difficulté à s'exprimer)

Vision (troubles de la vue)

Troubles de l'équilibre

Si vous manifestez plusieurs de ces symptômes, composez le 15 de toute urgence !

3
Des particularités de chaque hémisphère cérébral

Voilà plus de deux siècles que la communauté scientifique s'intéresse à l'asymétrie fonctionnelle de notre cortex cérébral. À ma connaissance, le premier à penser que chaque hémisphère possédait une conscience propre fut Meinard Simon Du Pui. En 1780, Du Pui qualifia l'être humain d'« *homo duplex* » : doué d'un cerveau dual et d'un esprit dual lui aussi. Près d'un siècle plus tard, à la fin des années 1880, Arthur Ladbroke Wigan s'aperçut en pratiquant l'autopsie d'un homme capable de marcher, de parler, de lire, d'écrire et, en résumé, d'agir comme quelqu'un de tout à fait normal que celui-ci ne possédait qu'un seul hémisphère cérébral. Puisque rien n'empêchait a priori un homme ne disposant que d'une moitié de cerveau de se comporter comme quelqu'un d'« entier », Wigan en conclut que les personnes pourvues de deux hémisphères devaient posséder deux esprits. Wigan se fit dès lors le promoteur enthousiaste de sa théorie de l'« esprit duel ».

Au fil des siècles, nombre d'hypothèses ont été formulées à propos de la similitude et de la différence d'analyse de l'information et de l'acquisition de nouvelles connaissances par l'un et l'autre des deux hémisphères. Le sujet a suscité un véritable engouement aux États-Unis dans les années 1970 à la suite d'expériences au cours desquelles le Dr Roger W. Sperry (un chirurgien) sectionnait les fibres de corps calleux d'épileptiques. Voici ce que Sperry a déclaré lors de son discours de réception du prix Nobel en 1981 :

« Dans les conditions d'une commissurotomie où les paramètres ambiants cessent de varier et où l'on peut comparer l'hémisphère gauche au droit d'un même sujet confronté à un seul et unique problème, les moindres différences deviennent significatives. On observe parfois qu'un même individu a constamment recours à l'une ou l'autre manière d'appréhender mentalement un problème selon qu'il se sert de son hémisphère droit ou gauche. »

Depuis ces premières études de patients au cerveau « coupé en deux », les neurobiologistes ont compris que les deux hémisphères se comportent différemment selon qu'ils sont reliés l'un à l'autre ou sectionnés à la suite d'une intervention chirurgicale. En temps normal, quand ils sont connectés, les deux hémisphères se complètent l'un l'autre en tirant ainsi le meilleur parti de leurs aptitudes respectives. Quand la chirurgie les sépare, les deux hémisphères se comportent au contraire comme deux cerveaux indépendants dotés chacun d'une personnalité propre ; un peu comme Dr Jekyll et Mr Hyde.

Des techniques modernes, telles que l'imagerie fonctionnelle, ne nécessitant pas d'intervention chirurgicale permettent aujourd'hui aux chercheurs de déterminer quels neurones effectuent telle ou telle tâche, en temps réel. Étant donné que nos deux hémisphères coordonnent leur action par l'intermédiaire du corps calleux, le moindre de nos comportements résulte de l'activité des deux moitiés de notre cerveau, bien que chacune agisse à sa manière.

La communauté scientifique a tendance à considérer nos deux hémisphères cérébraux comme les deux moitiés complémentaires d'un tout plutôt que comme deux entités individuelles distinctes.

Il semble logique de penser que nos deux hémisphères cérébraux, puisqu'ils traitent l'information chacun à leur façon, permettent à notre cerveau d'interagir plus efficacement avec le monde qui nous entoure en augmentant nos chances de survie en tant qu'espèce. Comme nos deux hémisphères nous fournissent naturellement une perception unique et continue du monde, il nous est quasiment impossible de distinguer ce qui se passe dans notre hémisphère gauche de ce qui se passe dans le droit.

Il ne faut surtout pas confondre la prédominance de l'un ou l'autre hémisphère avec le fait d'être gaucher ou droitier. La prééminence du côté droit ou gauche du cerveau dépend de notre localisation du langage. Bien qu'il n'existe aucune règle en la matière, à peu près tous les droitiers (soit plus de 85 % de la population des États-Unis) ont un hémisphère dominant gauche. D'un autre côté, plus de 60 % des gauchers ont aussi un hémisphère gauche dominant. Examinons de plus près les différences entre les deux.

Notre hémisphère droit (qui contrôle la moitié gauche de notre corps) fonctionne comme un « multiprocesseur » (c'est-à-dire un processeur équipé de plusieurs unités centrales de traitement de l'information). Nos différents systèmes sensoriels transmettent à notre cerveau des flux de données concomitants mais indépendants les uns des autres. Notre hémisphère droit réalise à chaque instant une sorte de « montage » qui nous offre une vue d'ensemble du moment présent, de son odeur ou de sa saveur. L'écoulement du temps ne ressemble pas à un perpétuel tourbillon : il s'accompagne en nous de sensations, d'émotions, de pensées et, bien souvent aussi, de réactions physiologiques. Les renseignements que nous communique notre hémisphère droit nous mettent en mesure d'effectuer un « inventaire » en temps réel de ce qui nous entoure.

Notre hémisphère droit nous permet de raviver le souvenir de certains moments avec une précision troublante. La plupart d'entre nous se rappellent où ils se trouvaient et ce qu'ils ont ressenti en apprenant l'assassinat du Président Kennedy ou en voyant s'effondrer les tours du World Trade Center. Vous souvenez-vous du « oui » que vous avez prononcé devant M. le maire ? du premier sourire de votre enfant ? Notre hémisphère droit enregistre les données en fonction de leurs relations les unes aux autres. Les éléments particuliers qui composent telle situation se fondent alors et notre esprit ne se rappelle plus qu'un « collage » d'impressions.

Du point de vue de l'hémisphère droit, il n'existe pas d'autre temps que le présent. Chaque instant fourmille en revanche d'une multitude de sensations. La conscience que nous avons de quelque chose qui nous dépasse, auquel nous sommes liés, s'inscrit elle aussi dans l'instant présent et c'est notre hémisphère droit qui nous rend capables de saisir l'infinie richesse de l'« ici et maintenant ».

En l'absence de règles définissant une unique manière correcte d'effectuer telle ou telle tâche, notre hémisphère droit se sent libre de se fier à son intuition en explorant les possibilités créatrices que nous offre chaque instant. Notre hémisphère droit se montre par nature spontané, insouciant et imaginatif. Il encourage nos penchants artistiques à s'exprimer sans la moindre inhibition.

L'instant présent, c'est celui où tout le monde et toute chose fusionnent pour ne plus faire qu'un.

Notre hémisphère droit nous considère tous comme des membres à part égale de la grande famille humaine. Il perçoit immédiatement ce qu'il y a de semblable en vous et moi et ce qui relie chacun d'entre nous à cette merveilleuse planète sur laquelle nous vivons. Il se forme une vue d'ensemble des situations, s'attache à ce qui rapproche les uns des autres différents éléments et au tout qu'ils forment ensemble. Notre empathie, notre capacité à nous mettre à la place d'autrui, prend naissance dans notre cortex frontal droit.

Notre hémisphère gauche traite l'information d'une manière en tout point différente. Il rattache les uns aux autres, selon un ordre chronologique, les instants riches de sensations dont nous prenons conscience dans notre hémisphère droit. Il ne cesse de comparer les particularités de tel moment donné à celles du précédent. En retraçant l'évolution au fil du temps de ce qui a caractérisé un instant ou un autre, notre hémisphère gauche nous donne une idée du passé, du présent et du futur. Leur succession dans le cadre d'une structure établie nous permet de comprendre qu'il faut accomplir telle action en préalable à telle autre. C'est mon hémisphère gauche qui me tire de ma perplexité face à une paire de chaussettes et de chaussures en me rappelant qu'il faut enfiler les unes avant les autres. C'est lui aussi qui me permet d'assembler les pièces d'un puzzle en analysant leurs contours et leurs couleurs. Et c'est encore mon hémisphère gauche qui entre en jeu dans les raisonnements déductifs de type : si A est plus grand que B et B plus grand que C alors A est plus grand que C.

Tandis que notre hémisphère droit pense par images en se formant une vue d'ensemble de l'instant présent, notre hémisphère gauche, lui, s'attache aux détails, à une infinité de détails. Les régions dédiées au langage de notre hémisphère gauche ont recours aux mots pour décrire, définir, qualifier ou encore cataloguer à peu près tout et n'importe quoi. Ce sont elles qui décomposent notre perception globale de l'ici et maintenant en éléments comparables et analysables. Notre hémisphère gauche, quand il observe une fleur, en distingue les différentes parties, le pétale, le pédoncule, l'étamine et le pollen. Il ne considère un arc-en-ciel que comme un éventail de couleurs : rouge, orange, jaune, vert, bleu, indigo, violet. Notre corps lui apparaît sous la forme d'un assemblage de parties anatomiques qui se subdivisent autant qu'on puisse le concevoir. Notre hémisphère gauche donne la pleine mesure de ses capacités quand il associe des détails à des faits en vue d'élaborer un récit cohérent. Les études universitaires lui conviennent à merveille et la maîtrise des détails qu'il analyse lui procure un sentiment de maîtrise et d'autorité.

Le « centre du langage » de notre hémisphère gauche nous parle sans arrêt. Je qualifie de « babil du cerveau » la voix qui nous rappelle d'acheter des bananes en rentrant du travail et la forme d'intelligence qui nous permet de savoir quand il devient urgent de laver notre linge. Certains d'entre nous réfléchissent beaucoup plus rapidement que d'autres. Leur cerveau « babille » à une telle allure que c'est à peine s'ils parviennent à suivre le fil de leurs idées. D'autres pensent au contraire si lentement qu'il leur faut un temps fou pour comprendre quoi que ce soit. Il y en a aussi qui ont du mal à se concentrer assez longtemps pour traduire leurs intentions en actes. Ces variations découlent du « câblage » interne de chaque cerveau.

Le « centre du langage » de notre hémisphère gauche a entre autres pour rôle de définir notre individualité. C'est lui que nous entendons dire « je ». Le « babil » de notre cerveau nous remémore sans cesse les particularités de notre existence afin que nous ne perdions jamais de vue à quoi elle ressemble. Notre ego prend racine dans notre centre du langage. C'est aussi lui qui nous aide à nous rappeler notre nom et notre adresse. Si les cellules qui le composent ne s'acquittaient pas de leur mission, nous oublierions qui nous sommes en perdant conscience de notre identité.

Non content de penser à l'aide d'un langage verbal, notre hémisphère gauche nous incite à réagir à certains stimuli en fonction de notre expérience passée. Il établit entre nos neurones des connexions qui s'activent ensuite automatiquement en présence de telle ou telle information que nous transmettent nos sens ; ce qui nous permet de traiter d'importantes quantités de données sans avoir à les analyser une à une. La fréquence à laquelle s'établit une connexion entre neurones, en augmentant, abaisse le seuil d'intensité des stimuli nécessaires pour la réactiver à l'avenir. En fait, notre hémisphère gauche instaure ce que j'appelle des « boucles » qui lui permettent d'interpréter en un clin d'œil de gros volumes d'informations en n'y portant au final que peu d'attention.

Vu que nous « programmons » en permanence notre hémisphère gauche pour qu'il identifie le plus vite possible un maximum de situations, il ne manque jamais d'anticiper sur nos pensées ou nos réactions émotionnelles en prenant appui sur nos expériences passées. Personnellement, je raffole de la couleur rouge que j'ai tendance à privilégier dans mon cadre de vie. Je conduis une voiture rouge et m'habille souvent en rouge. Si j'aime autant cette couleur, c'est parce qu'un réseau de neurones dans mon cerveau s'active de manière relativement autonome quand quelque chose de rouge m'apparaît. D'un point de vue purement neurologique, j'aime le rouge parce que les cellules de mon hémisphère gauche me le répètent sans cesse.

Notre hémisphère gauche établit une hiérarchie entre nos penchants (ce qui nous attire) et nos aversions (ce qui nous répugne). Il juge bon ce que nous aimons et mauvais ce qui nous déplaît. C'est dans notre hémisphère gauche que siège notre esprit critique et c'est lui qui, en nous comparant sans cesse à ceux que nous côtoyons, nous informe de notre position sur l'échelle de la réussite financière ou professionnelle, de l'honnêteté ou de la générosité, et sur n'importe quelle autre échelle imaginable. Notre ego se targue de notre individualité et loue ce qu'il y a d'unique en nous en s'efforçant de valoriser notre indépendance.

Bien que chaque moitié de notre cerveau traite l'information d'une manière particulière, les deux hémisphères coordonnent leur action dès que nous entreprenons quelque chose. En ce qui concerne le langage, notre hémisphère gauche s'attache aux différents composants d'une phrase, c'est-à-dire aux mots, en analysant leur sens. C'est aussi notre hémisphère gauche qui reconnaît les lettres et associe leurs combinaisons à tel ou tel son. C'est enfin lui qui rapproche les unités grammaticales les unes des autres afin de produire des énoncés porteurs de sens agencés en paragraphes aptes à transmettre des messages d'une complexité somme toute étonnante.

Notre hémisphère droit complète le gauche en interprétant tout ce qui relève de la communication non verbale. Notre hémisphère droit tient compte d'indices aussi subtils que l'intonation, l'expression du visage ou la posture du corps. Il examine les situations de communication dans leur ensemble en évaluant la cohérence du message exprimé. Le moindre désaccord entre le maintien et la physionomie, la manière de placer la voix et le sens des paroles ne peut que résulter d'une anomalie neurologique... ou de la volonté de notre interlocuteur de nous mener en bateau !

Ceux qui souffrent d'une lésion à l'hémisphère gauche, et plus particulièrement au centre du langage, ne comprennent souvent même plus leur langue maternelle. Leur hémisphère droit leur permet cependant de déterminer mieux que personne si quelqu'un dit la vérité ou non. À l'inverse, les victimes de traumatismes à l'hémisphère droit ne saisissent pas toujours le contexte dans lequel il faut interpréter tel ou tel énoncé verbal. Quand l'hémisphère droit ne parvient plus à replacer un message dans le cadre d'une situation donnée, l'hémisphère gauche « prend au mot » son interlocuteur.

L'exemple de la musique illustre à merveille la complémentarité de nos deux hémisphères. Quand nous pratiquons nos gammes, que nous apprenons le solfège ou que nous mémorisons le doigté d'un morceau, nous faisons avant tout appel à notre hémisphère gauche. Le droit entre en action lorsqu'il nous faut nous concentrer sur le moment présent, par exemple en improvisant ou en jouant de tête.

Vous arrive-t-il de vous demander à la suite de quels processus votre cerveau vous permet de vous situer dans l'espace ? Certaines cellules de notre hémisphère gauche nous indiquent les limites de notre corps par rapport à notre environnement. Notre hémisphère droit nous aide quant à lui à nous orienter. Notre hémisphère gauche nous signale où commencent et où se terminent nos membres alors que le droit nous rend capables de les mouvoir dans la direction que nous souhaitons.

Je vous encourage vivement à vous plonger dans la multitude d'ouvrages actuels qui traitent de la différence entre nos deux hémisphères cérébraux.

Je reste persuadée qu'une compréhension plus affinée de la complémentarité fonctionnelle des deux moitiés de notre cerveau nous permettra de mieux cerner ses potentialités, et de contribuer plus efficacement à la guérison des victimes de traumatismes neurologiques.

Mon AVC s'est caractérisé par une grave hémorragie dans mon hémisphère gauche due à une malformation artério-veineuse jamais diagnostiquée. Le matin de mon AVC, cette hémorragie m'a handicapée au point que je me décrirais moi-même, à ce moment-là, comme un nourrisson dans un corps d'adulte. Deux semaines et demie plus tard, j'ai subi une lourde intervention chirurgicale : on m'a ôté un caillot de sang de la taille d'une balle de golf, qui entravait le fonctionnement de mon cerveau.

Après cette opération, il m'a encore fallu huit ans pour recouvrer l'ensemble de mes capacités physiques et mentales. Si je suis parvenue à me rétablir aussi complètement, c'est parce que j'ai eu l'immense chance, en tant que neuro-anatomiste, de ne jamais douter de la plasticité de mon cerveau, de sa capacité à réparer, remplacer et renouveler son « câblage » neuronal. Mes connaissances universitaires m'ont par ailleurs permis de comprendre comment contribuer moi-même à la « guérison » de mon cerveau.

Ce qui suit est le récit de mon odyssée intérieure et de mon exploration de l'admirable résilience du cerveau humain. J'y raconte, de mon point de vue de neurobiologiste, ce que j'ai ressenti quand mon hémisphère gauche a subi le traumatisme de l'AVC, avant de récupérer peu à peu. J'espère que mon livre vous permettra de mieux appréhender le fonctionnement du cerveau humain, confronté ou non à la maladie. Il me tient à cœur de toucher le public le plus large possible. C'est pourquoi je souhaite que vous en parliez à ceux de votre entourage qui tentent de surmonter un traumatisme au cerveau, et à tous les autres, qui leur prodiguent leurs soins au quotidien.

4

Le matin de l'AVC

Tout a commencé à 7 heures du matin, le 10 décembre 1996. Je me suis réveillée en entendant le déclic familier de mon lecteur CD qui m'annonçait sa mise en marche imminente. Encore à moitié endormie, j'ai appuyé sur le bouton qui allait retarder la lecture du disque d'une demi-douzaine de minutes, juste à temps pour me replonger dans le monde de mes rêves. Là, au royaume magique que je surnomme « Thêtaville[1] », dans un état de conscience à mi-chemin de mes rêves et de la dure réalité, mon esprit a encore exulté quelque temps, libéré des entraves du réel.

Six minutes plus tard, alors que le cliquetis de ma platine me rappelait à ma condition de mammifère terrestre, une douleur aiguë à l'intérieur de mon crâne, derrière mon œil gauche, m'a arrachée à ma torpeur. Clignant des paupières face aux premiers rayons du soleil, j'ai éteint mon lecteur CD d'une main en pressant d'instinct ma paume contre ma tempe du côté gauche de mon visage. Comme je tombe rarement malade, cela m'a déconcertée

---

1. Les ondes cérébrales thêta correspondent à un état de veille subconsciente et de détente, comme lorsqu'on prie ou qu'on médite. *(N.d.T.)*

d'éprouver une douleur aussi violente au réveil. Mon œil gauche m'élançait à un rythme curieusement lent et à peu près aussi désagréable que la première bouchée d'une crème glacée trop froide.

Quand je me suis enfin extirpée de mon lit à eau encore tout chaud, une sensation de flottement m'est venue. Je me suis retrouvée aussi désemparée qu'un soldat blessé sur le champ de bataille. J'ai baissé les stores pour ne pas que la clarté du jour m'irrite les yeux. Je me suis dit qu'un peu d'exercice activerait ma circulation sanguine en m'aidant à dissiper ma douleur. Quelques instants plus tard, je me suis installée à mon « rameur » (un appareil de musculation perfectionné) en m'activant au rythme d'une chanson de Shania Twain. Il m'a semblé que mon esprit se dissociait peu à peu de mon corps au point que je me suis mise à douter de ma santé mentale. Je m'estimais encore capable de penser lucidement. En revanche, mes membres ne réagissaient pas comme ils l'auraient dû. Je regardais mes bras se mouvoir d'avant en arrière sans parvenir à faire fonctionner mes facultés cognitives habituelles. Comme si l'intégrité du lien entre mon esprit et mon corps se trouvait compromise.

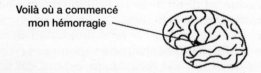

Voilà où a commencé
mon hémorragie

Déconnectée du réel, j'assistais à mes faits et gestes en qualité de simple témoin au lieu de me percevoir comme leur auteur. Il me semblait m'observer d'un point de vue extérieur comme lorsque la mémoire recompose un souvenir. Mes mains agrippées aux poignées du rameur ressemblaient aux extrémités des pattes d'un primate. En proie à une accablante stupéfaction, j'ai regardé mon corps osciller à une cadence quasi mécanique. Mes muscles se contractaient au rythme de la chanson tandis qu'une violente douleur irradiait depuis l'intérieur de mon crâne.

Je ne me sentais vraiment pas dans mon assiette ! Comme si ma conscience planait quelque part entre la réalité et une quatrième dimension. Ce qui m'arrivait s'apparentait assez à mon séjour matinal à « Thêtaville » et, pourtant, je ne dormais plus ! Me voilà prise au piège d'une espèce de transe mentale dont je ne parvenais plus à m'échapper. Déconcertée par l'étrangeté de mon expérience, j'ai pensé qu'il valait mieux ne pas pratiquer d'activité physique alors que la fréquence de mes élancements à la tête augmentait.

Inquiète pour ma santé, je suis descendue de mon rameur et j'ai traversé tant bien que mal mon salon pour me rendre à la salle de bains. J'ai remarqué en marchant que mes mouvements devenaient saccadés, qu'ils perdaient de leur fluidité naturelle. La mauvaise coordination de mes muscles me donnait une démarche maladroite. Garder l'équilibre me réclamait un tel effort que je ne me suis bientôt plus souciée que de ne pas tomber à la renverse.

Au moment d'entrer dans la cabine de douche, je me suis raccrochée au mur. Cela m'a paru curieux de prendre conscience de la coordination de mes gestes à laquelle s'attachait alors mon cerveau soucieux de m'éviter une chute. Ma perception des mouvements que j'effectuais comme par automatisme ne se limitait plus à un pur exercice intellectuel. Au contraire ! Me voilà aux premières loges pour regarder les cinquante milliers de milliards de cellules de mon corps œuvrer au maintien de mon intégrité physique. Grande admiratrice de la « machinerie humaine », j'ai été ce matin-là le témoin émerveillé du fonctionnement autonome de mon système nerveux tandis que celui-ci calculait à quel angle plier mes membres.

Sans me douter un instant de la menace qui pesait sur moi, je me suis adossée à la paroi de la cabine de douche avant de me pencher pour tourner le robinet. Un vacarme épouvantable m'a empli les oreilles dès que l'eau s'est mise à couler dans le bac. Une amplification aussi déroutante du moindre bruit m'a éclairée sur ma condition, en redoublant par ailleurs ma confusion. En plus de mes difficultés à coordonner mes gestes et à ne pas perdre mon équilibre, je ne parvenais plus à traiter normalement les données auditives en provenance de mon environnement.

Je savais, sur un plan neuro-anatomique, que ma coordination motrice, mon équilibre et mon ouïe dépendaient de ma protubérance annulaire (ou pont de Varole). Il m'est enfin venu à l'esprit que je souffrais peut-être d'un dysfonctionnement neurologique grave de nature à mettre mes jours en danger.

Fibres parcourant le pont de Varole localisé dans le tronc cérébral

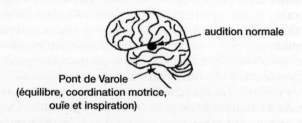

audition normale

Pont de Varole
(équilibre, coordination motrice,
ouïe et inspiration)

Alors que la partie consciente de mon esprit cherchait une explication anatomique à ce qui m'arrivait, un mouvement de recul m'a échappé en réaction au vacarme de l'eau, qui me meurtrissait les tympans.

Ma vulnérabilité m'a inquiétée. Je me suis aperçue que le babil incessant de mon cerveau, qui me familiarisait d'ordinaire en permanence avec mon environnement, ne correspondait plus à un flot de paroles prévisible. Mes pensées se réduisaient à des fragments épars, inconsistants ; des bribes décousues qu'entrecoupait de temps à autre un profond silence.

CENTRES DU LANGAGE

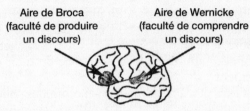

Aire de Broca
(faculté de produire
un discours)

Aire de Wernicke
(faculté de comprendre
un discours)

J'ai commencé à perdre de vue un nombre croissant d'informations sur mon environnement : je ne distinguais déjà plus le murmure lointain de la ville bruissante d'activité derrière les fenêtres de mon appartement. Un curieux sentiment d'isolement m'a envahie à mesure que le babil de mon cerveau perdait de sa cohérence. Ma pression sanguine a dû chuter d'un coup à cause de mon hémorragie cérébrale : il me semblait ne plus me mouvoir qu'au ralenti. Et pourtant, même si mes pensées ne correspondaient plus à un flux continu d'informations sur le monde extérieur, je n'ai à aucun moment perdu conscience de ce qui m'arrivait.

Perplexe, j'ai cherché dans ma mémoire un souvenir à rapprocher de mon expérience présente. Que se passe-t-il ? me suis-je demandé. Ai-je déjà vécu quelque chose de semblable ? Me suis-je déjà sentie dans un état comparable ? On dirait que j'ai la migraine. Qu'est-ce qui est en train de se produire à l'intérieur de mon cerveau ?

Plus je m'efforçais de me concentrer, plus il me devenait difficile de fixer mon attention. Une profonde quiétude m'a peu à peu envahie sans pour autant que je trouve une réponse à mes interrogations. Fini, le babil incessant qui me remémorait sans cesse les particularités de mon existence ! Je me suis sentie presque euphorique. Heureusement pour moi, mon amygdale, la partie du cerveau qui engendre la peur, n'a pas réagi à cette situation pour le moins inhabituelle en déclenchant en moi un mouvement de panique ! Au contraire ! Je me suis sentie touchée par la grâce dans le silence de mon hémisphère gauche soudain indifférent à tout ce qui composait mon quotidien. Ma conscience est parvenue à une forme d'omniscience où je ne faisais pour ainsi dire plus qu'un avec le reste de l'univers, ce qui m'a d'ailleurs beaucoup plu.

À ce moment-là, je venais déjà de perdre contact avec la majeure partie de la réalité physique tridimensionnelle qui m'entourait. Adossée à la cabine de douche, je trouvais cela étrange de ne plus discerner les limites de mon corps, de ne plus savoir où il commençait ni où il finissait. Mon être me semblait fluide et non plus un solide ou une entité autonome distincte du reste. Me voilà en train de me fondre dans l'espace environnant ! Impossible de contrôler mes mouvements. Tout à coup, mon corps s'est alourdi en se vidant de son énergie.

AIRE ASSOCIATIVE POUR L'ORIENTATION
(limites physiques, espace et temps)

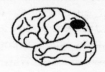

C'est alors que le jet de la douche a heurté ma poitrine comme une myriade de projectiles en me ramenant brusquement à la réalité du moment présent. J'ai remué les doigts devant mon visage, en proie à une profonde perplexité. Oh ! la la ! En voilà, une créature étonnante ! La vie ! ai-je pensé. Je suis la vie dans toute sa splendeur ! Je suis un océan prisonnier d'une membrane. Je suis un esprit conscient et le corps que voici est l'enveloppe qui me maintient en vie ! Je suis la somme des milliers de milliards de cellules de mon organisme. Je suis présente, ici et maintenant, et je m'épanouis en tant que forme de vie. Oh ! la la ! C'est tout bonnement incroyable ! Je suis la vie cellulaire à l'état pur. Non ; j'incarne une forme de vie moléculaire pourvue d'une dextérité manuelle et de facultés cognitives !

Dans ce drôle d'état, mon esprit ne se souciait plus des menus détails qui définissaient mon existence et ma conduite vis-à-vis du monde extérieur. La petite voix qui babillait dans ma tête en me tenant informée en permanence de mon rapport à mon environnement s'est tue. Mes souvenirs du passé et mes projets d'avenir se sont évanouis au cours de son silence bienvenu. Me voilà seule dans l'unique compagnie des battements cadencés de mon cœur !

Je dois admettre que le vide en expansion dans mon cerveau traumatisé exerçait sur moi un attrait irrésistible. Le silence subit de ma petite voix intérieure m'offrait un répit à ce que je tenais désormais pour les insignifiantes péripéties de mon existence sociale. Je ne me concentrais plus que sur le bruissement incessant des milliers de milliards de cellules qui contribuaient ensemble au maintien de mes constantes vitales. J'ai alors atteint le comble de la félicité. Et pourtant, mon sang continuait à se répandre dans mon cerveau. Je n'ai bientôt plus conservé qu'une conscience rassurante, bien qu'atténuée, de mon vaste univers intérieur. Fascinée, et emplie d'une profonde humilité, je sentais mes petites cellules s'efforcer de me maintenir en vie d'un instant à l'autre.

Pour la première fois de mon existence, je me suis pleinement identifiée avec mon corps dans toute la complexité de ses composants organiques. Quelle ne fut pas ma fierté de me percevoir comme un immense agglomérat de cellules issues d'une combinaison moléculaire unique ! Je me suis réjouie de ne plus me limiter à mes perceptions habituelles ; et tant pis pour la douleur qui irradiait sans pitié à l'intérieur de mon crâne ! J'ai connu un état de grâce, une quiétude intérieure dématérialisée. Je n'échapperais certes pas longtemps à la douleur dans mon cerveau mais, au moins, celle-ci ne m'handicapait pas encore, pour le moment.

Je me tenais toujours sous le jet de la douche qui me martelait la poitrine quand un fourmillement s'est manifesté dans ma cage thoracique, suivi d'un picotement à la gorge. J'ai tout de suite compris que je courais un grave danger. Je suis revenue à la réalité en cherchant, sous le choc, à me rendre compte de ce qui n'allait pas. Résolue à comprendre ce qui m'arrivait, je me suis efforcée d'établir mon propre diagnostic en mobilisant pour cela mes connaissances universitaires. Qu'est-ce qui cloche dans le fonctionnement de mon organisme ? Qu'est-ce qui va de travers dans mon cerveau ?

En dépit du sérieux handicap que présentait pour moi la suspension momentanée du flux habituel de renseignements sur mon environnement, j'ai réussi, Dieu sait par quel miracle, à maintenir mon organisme « en marche ». La tête m'a tourné au sortir de la douche. Mon corps, qui me paraissait d'une pesanteur incroyable, peinait à garder l'équilibre et ne se mouvait plus qu'au ralenti. *Qu'est-ce que je suis en train de faire ? Ah oui ! De m'habiller ! Je m'apprête à enfiler mes vêtements avant de partir au travail.* J'ai sorti machinalement une tenue de ma penderie. Me voilà enfin prête à 8 h 15 ! Tout à coup, alors que je me rendais d'une pièce à l'autre de mon appartement, je me suis dit : Bon. Je pars au travail. Mais est-ce que je sais encore comment y aller ? Est-ce que je suis capable de conduire ma voiture ? Je cherchais à me souvenir du trajet jusqu'à l'hôpital McLean lorsque mon bras droit s'est figé, paralysé, en manquant de peu provoquer ma chute. À cet instant seulement, j'ai compris. Oh Seigneur ! Je suis victime d'un AVC ! La seconde d'après, une autre pensée s'est imposée en un éclair : Ah la la ! Qu'est-ce que c'est chouette, ce qui m'arrive !

Je me sentais dans un état de stupeur euphorique. Bizarrement, j'ai exulté en comprenant que mon exploration inespérée du fonctionnement complexe de mon cerveau possédait une origine, et donc une explication, physiologique. Je n'arrêtais pas de me dire : *Combien de scientifiques ont l'occasion d'étudier la dégradation de leurs propres facultés mentales ?* Depuis des années, je m'évertuais à comprendre par quel moyen le cerveau de l'homme lui fournit une image de la réalité, or voilà qu'il m'était donné de vivre une remarquable expérience plus éclairante que toute autre de ce point de vue !

Lorsque mon bras droit s'est engourdi, j'ai senti mes forces vitales l'abandonner tout d'un coup. Le voilà qui pendouillait lamentablement le long de mes côtes. Quelle drôle d'impression cela m'a laissée ! Comme si l'on venait de me couper le bras !

À ce moment-là, j'ai deviné que mon cortex moteur était atteint. Heureusement pour moi, mon bras droit n'a pas tardé à reprendre vie, traversé par une douleur atroce bien que diffuse. Je me sentais affaiblie, meurtrie. Mon bras ne possédait plus la moindre force et, pourtant, je parvenais à le plier, comme un moignon. Je me suis demandé s'il fonctionnerait de nouveau normalement un jour. Mon regard s'est alors posé sur mon lit à eau encore tout chaud. On aurait dit qu'il me tendait les bras, en ce matin glacial d'hiver. Oh la la ! Je tombe de fatigue. Je n'ai plus qu'une envie : me reposer. Si seulement je pouvais m'allonger, le temps de souffler un peu ! Au même moment, une voix sans appel a retenti comme un coup de tonnerre au plus profond de moi : Si tu t'allonges maintenant, tu ne te relèveras plus jamais !

CAPACITÉ À SE MOUVOIR ET PERCEPTION SENSORIELLE

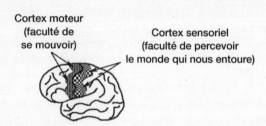

Cortex moteur (faculté de se mouvoir)

Cortex sensoriel (faculté de percevoir le monde qui nous entoure)

Saisie par cette soudaine illumination, j'ai enfin compris la gravité de ma situation. En proie à un sentiment d'urgence, consciente que je devais me démener pour me sortir de là, je me vautrais en même temps avec délice dans une irrationalité euphorisante. J'ai franchi le seuil de ma chambre avant de m'arrêter un instant face à mon reflet dans le miroir, en quête d'une idée lumineuse. Dans la sagesse de mon égarement, mon corps m'est apparu comme un don précieux et fragile à la conception en tout point admirable qui permettait à mon énergie intérieure de se propager dans un espace tridimensionnel.

L'ensemble des cellules de mon organisme abritait jusque-là ma conscience. Mon fabuleux cerveau avait su trier et analyser des millions de milliards de données en me fournissant à chaque instant une représentation pertinente de mon environnement, qui me semblait non seulement réel mais familier. L'économie des moyens nécessaires à la mise en œuvre du programme biologique responsable de mon individualité m'a laissée béate d'admiration. Je me percevais comme un composé d'entités dynamiques autonomes, un conglomérat de cellules capables d'analyser tout un tas de données en provenance du monde extérieur. En temps normal, la conscience qui habitait mon corps entretenait un rapport complexe mais efficace au réel. Je me suis demandé comment j'avais pu demeurer tant d'années prisonnière de mon enveloppe charnelle sans me rendre compte que je ne faisais que passer sur cette terre.

Mon hémisphère gauche égoïste ne s'en est pas moins raccroché à la conviction que rien ne parviendrait jamais à m'abattre, en dépit de la dégradation radicale de mes facultés mentales. Mue par un optimisme pour le moins hors de propos, je n'ai pas douté un instant que j'allais me rétablir malgré mon AVC. Irritée par ce fâcheux contretemps, je me suis dit : Bon. Très bien. J'ai un AVC... Je n'en reste pas moins quelqu'un de très occupé ! Puisque je ne peux rien y faire pour le moment, tant pis, je consacrerai les jours qui viennent à mon AVC ! J'apprendrai tout ce qu'il est possible de savoir sur la manière dont mon cerveau forge ma perception de la réalité avant de renouer avec mon emploi du temps de la semaine prochaine. Et en attendant ? Il va falloir que j'appelle à l'aide. Je dois me concentrer là-dessus et alerter les secours.

Tâche de te rappeler ce qui t'arrive en ce moment !
ai-je supplié mon reflet dans le miroir. Et que commence ainsi mon odyssée intérieure dans les arcanes
de mon cerveau !

ZONE OÙ S'EST PRODUITE MON HÉMORRAGIE
(à l'intérieur de l'ovale de couleur foncée)

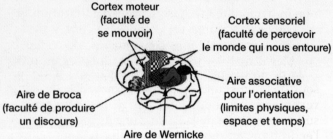

Cortex moteur
(faculté de
se mouvoir)

Cortex sensoriel
(faculté de percevoir
le monde qui nous entoure)

Aire de Broca
(faculté de produire
un discours)

Aire associative
pour l'orientation
(limites physiques,
espace et temps)

Aire de Wernicke
(faculté de comprendre un discours)

5

Alerter les secours

Je ne savais pas au juste de quel type d'AVC je souffrais mais une importante quantité de sang venait de se répandre dans mon hémisphère gauche suite à la rupture de la paroi d'une de mes artères (à l'endroit où, en raison de ma malformation, celle-ci se reliait directement à ma veine). J'ai perdu mes facultés cognitives (dont j'avais pourtant bien besoin à ce moment-là !) l'une après l'autre à mesure que le sang s'infiltrait dans les régions de mon hémisphère gauche où se formaient d'ordinaire mes réflexions les plus poussées. Heureusement pour moi, je me suis souvenue qu'une victime d'un AVC devait à tout prix se rendre à l'hôpital le plus proche si elle voulait garder une chance de s'en sortir. Alerter les secours représentait tout de même un sacré défi, compte tenu de mes difficultés à rester concentrée. Je me suis surprise à entretenir des pensées sans queue ni tête en me rendant hélas compte de mon incapacité à garder un projet assez longtemps présent à l'esprit pour le mener à bien.

Jusque-là, mes deux hémisphères cérébraux coordonnaient leur action en me donnant les moyens d'agir sur mon environnement. Me voilà soudain privée des facultés linguistiques et mathématiques de la moitié gauche de mon cerveau ! Où étaient passés les chiffres ? Et les mots ? Le babil de mon cerveau venait de céder la place à une quiétude bienfaisante.

IMAGE TOMOGRAPHIQUE DE MON CERVEAU LE MATIN DE L'AVC

Hémorragie dans mon hémisphère gauche

En l'absence des informations que me communiquait d'ordinaire mon hémisphère gauche, j'ai eu bien du mal à ne pas perdre le lien avec la réalité. Fini, le flot continu de renseignements que mon esprit décomposait en passé, présent et avenir ! Chaque instant m'apparaissait isolé du précédent ou du suivant. Comment m'adapter à mon environnement sans mots pour le qualifier ? J'ai commencé à désespérer de rétablir un jour le lien entre ce qui m'arrivait d'un moment à l'autre. Je me répétais comme une monomaniaque le seul message que comprenait encore mon cerveau : Qu'est-ce que j'essaie de faire ? D'appeler à l'aide. Il faut que je trouve un moyen d'appeler à l'aide. Qu'est-ce que je fais ? Je cherche un moyen d'appeler à l'aide. Bon. Entendu. Je dois appeler à l'aide.

Jusqu'à ce matin-là, quand je voulais retrouver un renseignement, une idée ou un souvenir gravé dans ma mémoire, je m'imaginais à l'intérieur de ma tête, entre des rangées de classeurs à tiroirs que je passais en revue jusqu'à ce que je repère celui qui contenait les informations voulues. Il me suffisait alors de l'ouvrir pour y accéder.

Ce matin-là, ma quête de renseignements a donné un peu n'importe quoi. Des rangées de classeurs à tiroirs occupaient encore mon cerveau mais tous étaient fermés à clef ! Je savais que je connaissais un tas de choses et que je détenais une quantité d'informations quelque part dans ma tête. Mais où ? Impossible de mettre la main dessus ! Je me suis demandé si un jour viendrait où je formulerais de nouveau mes pensées à l'aide de mots en me rappelant des images de mon passé. Quel dommage de devoir tirer une croix sur d'aussi vastes pans de ma mémoire !

Privée de langage et de repères chronologiques, je me suis sentie déconnectée de l'existence que je menais jusque-là. En l'absence de représentations mentales de mon environnement, j'ai perdu la notion du temps. Incapable de me rappeler mon vécu, je ne savais plus qui j'étais ni ce que je faisais là. Mon cerveau envahi par la douleur, qui ne le rattachait plus qu'à l'instant présent, m'a semblé prisonnier d'un étau. Le temps a cessé pour moi de couler, les limites de mon corps se sont dissoutes et j'ai fusionné avec l'univers entier.

Mon hémorragie, en entravant le fonctionnement de mon hémisphère gauche, m'a libérée de ma tendance à décortiquer puis cataloguer tout ce qui m'entourait. La moitié gauche de mon cerveau a cessé d'inhiber la droite et mon esprit s'est laissé gagner par la quiétude. Exaltée par une impression de délivrance, de métamorphose, je suis passée par un état de conscience étrangement semblable à celui que j'éprouve d'ordinaire à « Thêtaville ». Je ne prétends pas détenir la moindre autorité en la matière, mais un bouddhiste dirait probablement qu'à ce moment-là j'ai atteint le nirvana.

La faculté de juger de mon hémisphère gauche s'est mise en veilleuse. Un sentiment de tranquillité, de paix, de sécurité, d'euphorie et même d'omniscience m'a envahie. Une partie de mon être aspirait à se libérer de l'enveloppe corporelle qui la maintenait prisonnière de sa douleur. Par chance, en dépit de l'attrait qu'exerçait une telle tentation, quelque chose en moi s'est focalisé sur la nécessité d'orchestrer mon sauvetage ; et c'est cela qui, en dernier ressort, m'a sauvé la vie.

En trébuchant sur le seuil de mon bureau, j'ai éteint la lumière qui me brûlait les yeux comme les flammes d'un feu de joie. Plus je me concentrais sur ce que je devais faire, plus la douleur dans ma tête s'intensifiait. Il m'a fallu un effort surhumain pour ne pas perdre de vue ma situation. Mon esprit tâtonnait sans cesse en peinant à se rappeler : Qu'est-ce que je fiche ici ? Qu'est-ce que je suis en train de faire ? D'appeler à l'aide. Je tente d'appeler à l'aide ! À une idée lumineuse (une « vague de lucidité » si vous préférez) succédait un long moment de prostration où je ne parvenais plus à réfléchir à quoi que ce soit.

Plus rien ne me rattachait à mon quotidien. La détérioration de mes facultés, à laquelle j'assistais en temps réel, me fascinait tout en me déconcertant. Le temps, pour moi, a suspendu son vol : le métronome qui scandait le glissement du présent dans le passé en fond sonore dans mon hémisphère gauche, et qui me permettait d'ordonner mes pensées dans un ordre chronologique, s'est arrêté. Sans la possibilité de rapprocher un instant de celui qui le précédait ou lui succédait, je me suis mise à « flotter » d'un moment isolé à l'autre. « A » n'entretenait plus le moindre lien avec « B » ni « un » avec « deux ». Il me manquait l'aptitude à rattacher un élément à un autre. Même le plus simple des calculs suppose d'identifier un certain type de relation entre des entités distinctes, or mon esprit ne formait plus la moindre association. En somme, je demeurais hébétée en attendant la prochaine vague de lucidité. Anticipant sur la venue d'une idée qui me ramènerait à la réalité, je me répétais sans cesse : Qu'est-ce que j'essaie de faire ?

Pourquoi n'ai-je pas tout bonnement composé le numéro des secours ? L'hémorragie à l'intérieur de ma boîte crânienne a touché la partie de mon hémisphère gauche qui donnait un sens à la notion de chiffres (qui ne correspondait désormais plus à rien dans mon esprit). Les neurones qui se souvenaient du numéro à composer en cas d'urgence baignaient pour l'heure dans une mare de sang. Pourquoi n'ai-je pas demandé de l'aide à la propriétaire de mon immeuble ? Elle habitait à l'étage du dessous et ne travaillait plus depuis son accouchement. Sans doute n'aurait-elle pas hésité à me conduire à l'hôpital. Hélas ! je ne me rappelais même plus son existence, ni d'ailleurs à quoi ressemblait mon cadre de vie. Pourquoi ne suis-je pas sortie demander de l'aide à un passant ? L'idée ne m'a même pas effleurée. Dans mon esprit, il ne me restait pas d'autre choix que d'alerter les secours. Seulement, je désespérais de me rappeler un jour le moyen d'y parvenir !

J'ai dû me résigner à patienter en silence, plantée devant mon téléphone, dans l'attente d'un déclic. Me voilà seule chez moi à m'efforcer en vain de retenir mes pensées évanescentes. Si seulement une vague de lucidité me laissait la chance de rassembler mes idées, le temps de mettre à exécution un projet ! Je ressassais en mon for intérieur : Qu'est-ce que je fais ? Ah oui ! J'appelle à l'aide. J'essaie d'appeler à l'aide.

Dans l'espoir d'un nouvel instant de clairvoyance, j'ai placé le téléphone en face de moi en observant le clavier. Je cherchais à me souvenir d'un numéro à composer. Mon esprit me semblait péniblement embrumé, alors même que je multipliais mes efforts pour le maintenir en éveil. Une douleur lancinante m'assaillait par à-coups. Qu'est-ce que j'avais mal à la tête ! Soudain, un numéro a surgi de ma mémoire. Celui de ma mère. Formidable ! Je venais de me souvenir d'une suite de chiffres et aussi de la personne qu'ils me permettraient de contacter ! Chose tout à fait remarquable : même dans mon piteux état, je me suis fait la réflexion que, comme ma mère habitait à plusieurs milliers de kilomètres de chez moi, ça ne servirait pas à grand-chose de lui passer un coup de fil. Non, ça ne va pas ! me suis-je dit. Je ne peux pas téléphoner à Maman pour lui annoncer que j'ai un AVC ! Quelle horreur ! Elle se mettrait à paniquer ! Il faut que je trouve autre chose.

Mes idées se sont alors éclaircies un instant : il suffirait que j'appelle mes collègues du Centre d'étude du cerveau à Harvard pour qu'ils me viennent en aide. Si seulement je me rappelais leur numéro ! Voilà plus de deux ans que, par une curieuse ironie du sort, j'entonnais devant des salles combles d'un bout à l'autre des États-Unis mon couplet sur la Banque des cerveaux, qui indiquait entre autres : « Composez le 1-800 pour plus d'informations ! » Hélas ! ce matin-là, mes souvenirs m'ont échappé les uns après les autres au point que je n'ai bientôt plus conservé qu'une vague idée de mon identité ou de l'objectif que je m'efforçais d'atteindre. Assise à mon bureau, enveloppée dans une espèce de brume mentale, je continuais à m'encourager en répétant, encore et encore : Quel est le numéro de mon bureau ? Où est-ce que je travaille ? À la Banque des cerveaux. Je travaille à la Banque des cerveaux. Quel est le numéro de la Banque des cerveaux ? Qu'est-ce que je suis en train de faire ? Je tente d'appeler à l'aide.

Je dois téléphoner à mes collègues. Bon. Quel est leur numéro ?

Jusque-là, je me formais une image du monde extérieur conforme à la réalité grâce à un échange constant d'informations entre mes deux hémisphères cérébraux qui, compte tenu de leurs différences innées, s'étaient spécialisés dans certaines tâches au fil du temps. Petite fille, j'assimilais de nouvelles connaissances comme par jeu. Mes deux hémisphères ne présentaient cependant pas les mêmes aptitudes à l'origine. Le droit excellait à se former une image d'ensemble du réel alors qu'il fallait au gauche des efforts considérables pour assimiler des éléments sans lien logique entre eux. Je suis de ces gens qui ne se rappellent pas un numéro de téléphone en le décomposant en séquences abstraites de chiffres mais en créant sans même y penser une sorte de schéma visuel qu'ils lui associent, et qui correspond en général à la suite des touches à enfoncer sur le clavier. Je me demandais d'ailleurs souvent comment je me serais débrouillée au temps des appareils à cadran rond où un tel « codage » eût été autrement plus complexe !

Petite, je m'intéressais beaucoup plus au lien entre telle ou telle chose qu'à leur différence intrinsèque et je pensais en images plus facilement qu'à l'aide de mots. Autrement dit, je sollicitais plus mon hémisphère droit que le gauche. Je n'ai commencé à engranger des connaissances structurées qu'en me découvrant une fascination pour l'anatomie à mon entrée au lycée. Mon habitude de relier les informations selon des principes kinesthésiques ou visuels donnait à mon savoir la configuration d'un immense réseau aux ramifications complexes.

L'inconvénient d'un tel système mnémotechnique, c'est évidemment qu'il ne peut donner de résultats en l'absence ne serait-ce que d'un seul chaînon manquant. Ce matin-là, alors que je réfléchissais au numéro de téléphone de mon bureau, je me suis souvenue de l'une de ses particularités. Mon numéro se terminait par un 1 suivi d'un 0 alors que le numéro de ma supérieure finissait à l'inverse en 01. Quant au numéro de mon collègue, il correspondait à un moyen terme entre les deux. Hélas ! La mare de sang qui se répandait dans mon hémisphère gauche m'empêchait de pousser plus loin ma réflexion. La notion mathématique de « moyen terme » me laissait perplexe. Je n'arrêtais pas de me dire : *Qu'est-ce qu'il y a entre le 01 et le 10 d'aussi éloigné de l'un que de l'autre ?* Un examen attentif du clavier de mon téléphone m'aiderait sans doute à résoudre le problème.

Assise à mon bureau, j'ai approché de moi l'appareil en guettant patiemment une nouvelle vague de lucidité. J'ai recommencé à ressasser cette épineuse question : *Quel est le numéro de téléphone de mon bureau ?* Au bout de quelques minutes de torpeur mentale, une suite de quatre chiffres m'est revenue en mémoire... 2405 ! 2405 ! Je me la suis aussitôt répétée en mon for intérieur. 2405 ! De crainte de l'oublier, j'ai pris un crayon et, de ma main gauche, alors que je suis droitière, j'ai reproduit l'image qui m'apparaissait en pensée. Mon « 2 » ressemblait à un gribouillis informe. Heureusement, celui du clavier correspondait en tout point à celui qui venait de me traverser l'esprit. J'ai donc fini par dessiner tant bien que mal ce que je distinguais sur le téléphone. 2405. Dieu sait comment, j'ai compris qu'il ne s'agissait là que d'une partie du numéro. Et le reste, alors ? Il y avait un préfixe : d'autres chiffres avant ceux-là. Une fois de plus, je me suis demandé : *Quel est le préfixe ? Comment commence le numéro de mon bureau ?*

Écrasée par la complexité du problème, je me suis fait la réflexion que ce n'était pas forcément une bonne chose de ne devoir composer qu'un numéro de ligne interne, au travail. Comme je ne m'en servais que rarement, le préfixe ne figurait pas dans le même « dossier » de mon cerveau que le reste du numéro. J'ai donc repris mes recherches en m'interrogeant : Quel est le préfixe ? Le préfixe de mon numéro, au bureau ?

Pendant la majeure partie de mon existence, je n'avais eu à me servir que de numéros de téléphone commençant par de petits nombres : 232, 234, 332, 335, etc. Je me préparais à retenir la prochaine idée qui me viendrait quand le numéro 855 m'a traversé l'esprit. Sur le coup, je me suis dit que c'était le préfixe le plus ridicule qu'on puisse imaginer, tant il correspondait à un nombre élevé. Cela dit, au point où j'en étais, autant tout essayer ! J'ai anticipé sur la prochaine vague de lucidité en écartant de mon bureau tout ce qui s'interposait entre le téléphone et moi. Vu que 9 h 15 venaient à peine de sonner, et que je n'étais donc en retard que de quinze minutes, personne au travail ne s'inquiéterait encore de ne pas me voir arriver. Sachant ce qu'il me restait à faire, je me suis accrochée.

Puis j'ai attendu, épuisée. Quoique sans arrêt distraite par l'impression envoûtante de ne plus faire qu'un avec le reste de l'univers, je tenais à tout prix à mettre mon projet à exécution afin d'obtenir de l'aide. En mon for intérieur, je me répétais, encore et encore, ce qu'il fallait que je fasse et que je dise. Mais rester concentrée sur la marche à suivre revenait à tenter de retenir un poisson glissant dans l'eau. D'abord : garder à l'esprit un plan d'action ; ensuite : le mettre à exécution. Rester attentive. Retenir le poisson. Me raccrocher à l'idée qu'un téléphone se trouvait placé là, devant moi. Ne pas baisser les bras. Attendre le prochain éclair de lucidité ! Je n'arrêtais pas de me répéter ce que j'allais devoir dire : « Ici Jill. J'ai besoin d'aide ! Ici Jill. À l'aide ! »

Il m'avait fallu trois quarts d'heure pour me rappeler comment appeler à l'aide et qui contacter. J'ai profité de la vague de lucidité suivante pour composer le numéro de mon collègue en associant les gribouillis sur mon bout de papier aux formes biscornues qui leur ressemblaient le plus sur le clavier du téléphone. J'ai eu beaucoup de chance que mon collègue, et par ailleurs excellent ami, le Dr Stephen Vincent, se trouve à son poste à ce moment-là : il a décroché tout de suite. Je n'ai toutefois pas compris un traître mot de ce qu'il m'a dit. Impossible d'attacher le moindre sens à ses propos ! Mince ! me suis-je exclamée en moi-même. On dirait un chien qui aboie ! Cela dit, entrer en contact avec un autre être humain a été une telle délivrance pour moi que je me suis écriée : « Ici, Jill ! J'ai besoin d'aide ! » Du moins, c'est ce que j'ai tenté de faire. Au final, seuls des borborygmes ont franchi mes lèvres. Heureusement, Steve a reconnu ma voix, et en a tout de suite déduit que j'avais des ennuis. (Il faut croire que mon habitude de criailler dans les couloirs du bureau avait rendu mon intonation identifiable entre toutes !)

Mon incapacité à m'exprimer de manière intelligible m'a tout de même choquée. Je m'entendais répéter en mon for intérieur : Ici Jill, j'ai besoin d'aide ! Mais les sons qui jaillissaient de ma gorge ne correspondaient pas à ceux qui retentissaient à l'intérieur de mon crâne. Mon hémisphère gauche devait être plus atteint que je ne le pensais au départ, puisqu'il ne parvenait même pas à saisir les propos de mon collègue. Heureusement, mon hémisphère droit indemne a interprété la douceur de son intonation comme une promesse de me porter secours.

À ce moment-là seulement, ma tension s'est relâchée. Inutile que je comprenne ce que mon collègue allait tenter au juste : je savais simplement que je venais de faire mon possible pour me sauver la vie.

ZONE OÙ S'EST DÉVELOPPÉE MON HÉMORRAGIE
(à l'intérieur de l'ovale de couleur foncée)

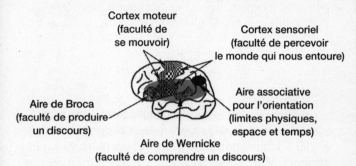

Cortex moteur
(faculté de
se mouvoir)

Cortex sensoriel
(faculté de percevoir
le monde qui nous entoure)

Aire associative
pour l'orientation
(limites physiques,
espace et temps)

Aire de Broca
(faculté de produire
un discours)

Aire de Wernicke
(faculté de comprendre un discours)

6

Accalmie

Le silence s'est imposé à mon esprit enfin tranquillisé. Je venais d'orchestrer mon propre sauvetage et Steve s'apprêtait à me porter secours. Quel soulagement ! Mon bras paralysé retrouvait peu à peu sa vigueur. Il me causait une vive douleur mais je ne désespérais pas encore de le voir guérir un jour. Malgré la confusion qui régnait dans mes pensées, il m'a semblé opportun de contacter mon médecin. Sans doute mon état nécessiterait-il un traitement au coût astronomique. Je dois avouer à mon grand dépit que, malgré mon profond désarroi, je me suis inquiétée de ce que ma mutuelle ne me rembourserait pas si je ne m'adressais pas à un centre de soins agréé.

Toujours assise à mon bureau, j'ai attrapé, de mon bras gauche valide, une pile de cartes de visite amassées au fil des ans. Je n'avais consulté mon médecin actuel qu'une seule fois, six mois plus tôt, mais je me rappelais qu'elle portait un nom irlandais, Saint quelque chose. À la recherche d'un autre indice, je me suis souvenue du blason de Harvard au centre de sa carte. Ravie que ma mémoire me vienne ainsi en aide, je me suis dit : Parfait ! Il me suffira de retrouver sa carte avant de composer son numéro.

À ma grande surprise, en jetant un coup d'œil à la pile, je me suis aperçue que, bien que j'eusse en tête une image précise de ce que je cherchais, je ne reconnaissais plus les éléments qui figuraient sur les cartes. Mon cerveau ne distinguait plus le fond des inscriptions qui s'y détachaient. Le rectangle de carton m'apparaissait sous la forme d'un tableau abstrait dont les différents éléments formaient un méli-mélo inextricable de points colorés. Mon cerveau ne parvenait plus à repérer les nuances ni les contours.

J'ai dû admettre, le moral à zéro, que ma faculté d'interaction avec mon environnement s'était beaucoup plus dégradée que je ne le pensais au départ. Mon emprise sur le réel se réduisait comme peau de chagrin. Je ne reconnaissais plus les indices qui me servaient jusqu'alors à identifier ce qui m'entourait. Si l'on ajoute à cela mon incapacité à délimiter mon propre corps dans l'espace, et l'arrêt de mon « horloge » interne, on comprendra que je me percevais comme un fluide. Ne me rappelant plus rien de mon passé, même proche, je ne me sentais plus ancrée, ni par conséquent en sécurité, dans mon cadre de vie.

Quelle tâche éprouvante que de tenter par tous les moyens de me rappeler face à ce tas de cartes : Qui suis-je ? Qu'est-ce que je fabrique ? Pendant ce temps, mon esprit se murait dans le silence. Je cherchais à rétablir un lien avec la réalité mais sans éprouver le moindre sentiment d'urgence. Chose incroyable : mon lobe frontal se démenait pour ne pas perdre de vue mon objectif et je continuais à me raccrocher aux vagues de lucidité qui me rattachaient au présent par le biais de ma souffrance physique. Lors de mes rares instants de clairvoyance, je me rappelais parfaitement ce que je faisais là et je parvenais tant bien que mal à établir une distinction entre les différents stimuli qui atteignaient mes sens. Au final, je me suis accrochée. Ce n'est pas la bonne carte. Celle-là non plus. Ni celle-là, d'ailleurs. Il m'a fallu plus d'une demi-heure pour passer en revue à peine un tiers du paquet. Enfin, j'ai reconnu le blason de Harvard.

Cela dit, le concept de téléphone me paraissait à ce moment-là totalement saugrenu. Impossible de deviner comment il fallait se servir d'un engin aussi bizarre ! Je pressentais plus ou moins que, par l'intermédiaire d'un câble, il allait me mettre en relation avec une personne capable de me comprendre. Rendez-vous un peu compte !

De crainte que mon attention se dissipe et que je confonde la carte de mon médecin avec une autre, j'ai fait place nette devant moi en écartant les rectangles de carton inutiles. Puis j'ai posé mon téléphone juste à côté de la carte de mon médecin. Étant donné la rapide dégradation de mes facultés mentales dans l'intervalle, il m'a semblé voir le clavier comme pour la première fois de ma vie. Me voilà plantée là, soumise aux caprices de mon hémisphère gauche instable ! Pour autant, je ne me suis pas départie de mon calme. Tant bien que mal, j'associais par intermittence les chiffres, ou plutôt les gribouillis, sur la carte à ceux du clavier. Pour ne pas oublier quelles touches je venais de presser, j'ai couvert les chiffres sur la carte à l'aide de mon index gauche à mesure que je les composais du droit, pour l'heure plutôt maladroit. Sinon, j'aurais perdu le fil de ce que je faisais, d'un instant à l'autre. Une fois le numéro composé en entier, j'ai approché le combiné de mon oreille.

Épuisée, déboussolée, je craignais de ne plus me rappeler ce que je faisais. J'ai donc répété en mon for intérieur : Ici, Jill Taylor. J'ai un AVC. Quand quelqu'un a fini par décrocher et que j'ai tenté de lui transmettre mon message, je me suis aperçue que j'avais beau m'entendre parler distinctement dans ma tête, aucun son ne sortait de ma gorge. Pas même les borborygmes de tout à l'heure ! J'en suis restée abasourdie. Mince alors ! Je ne sais même plus parler ! Le pire, c'est qu'il a fallu que j'attende de vouloir m'exprimer à voix haute pour me rendre compte que je n'y parvenais plus. Mes cordes vocales ne m'obéissaient plus. Aucun son n'en sortait.

J'ai expulsé l'air de mes poumons à plusieurs reprises, comme si j'amorçais une pompe, dans l'espoir de produire un son, un bruit, n'importe lequel. La situation m'est soudain apparue sous un nouveau jour : Flûte ! me suis-je dit. Mon interlocuteur va s'imaginer qu'il a affaire à un pervers ! Ne raccrochez pas ! Je vous en prie, ne raccrochez pas ! À force d'« amorcer la pompe » en vidant ma cage thoracique, j'ai fini par dire quelque chose comme « arghhhh rhaaaa ». La réceptionniste a aussitôt transmis la communication à mon médecin qui, miracle !, se trouvait justement à son cabinet. Avec une infinie patience, elle a tendu l'oreille à mon râle alors que je m'efforçais en vain de lui annoncer : « Ici, Jill Taylor. J'ai un AVC. »

Mon médecin a fini par comprendre qui j'étais et par m'indiquer la marche à suivre. Elle m'a ordonné de me rendre à l'hôpital de Mount Auburn. Hélas ! Je l'entendais parler sans saisir le sens de ses propos. Dépitée, je me suis dit : Si seulement elle parlait plus lentement et plus distinctement, peut-être que je comprendrais le message qu'elle cherche à me communiquer. Le cœur empli d'espoir, je l'ai suppliée, d'une voix à peine intelligible : « Pardon ? » Charitable, elle m'a répété plus lentement d'aller à l'hôpital de Mount Auburn. Là encore, je n'ai rien compris. Compatissant à mon triste sort, elle m'a patiemment renouvelé son conseil. Et, une fois de plus, j'ai échoué à décoder le sens de ses propos. Exaspérée par mon incapacité à la comprendre, j'ai encore une fois amorcé ma pompe vocale pour lui dire que les secours arrivaient et que, de toute façon, je la rappellerais.

À ce stade, il ne fallait pas être une spécialiste du cerveau pour comprendre ce qui se passait à l'intérieur de mon crâne. Plus le sang se répandrait dans mon cortex, plus il occasionnerait de lésions… et moins il me resterait au final de facultés cognitives. Mon AVC, bien qu'il se soit à l'origine déclaré entre le lobe pariétal et le lobe occipital de mon hémisphère gauche, venait de toucher les cellules de mon lobe frontal gauche qui me permettaient en temps normal de produire un discours. Le sang échappé de mes vaisseaux empêchait mes deux centres du langage (les aires de Broca et de Wernicke) de s'échanger des informations en me rendant incapable de produire le moindre énoncé ou de comprendre un traître mot de ce qu'on me disait. Une chose surtout m'inquiétait : mes cordes vocales refusaient de m'obéir. J'ai craint un instant que mon pont de Varole coure lui aussi un grave danger.

Abattue, j'ai reposé le combiné. Je me suis levée puis j'ai enroulé une écharpe autour de ma tête afin d'empêcher la lumière de m'agresser la vue. Une image du verrou qui fermait la porte d'entrée de l'immeuble a surgi dans mon esprit. J'ai descendu l'escalier en glissant lentement sur les fesses d'une marche à la suivante. Une fois le verrou débloqué, ne me souciant plus de ce qu'il fallait désormais que je fasse, je suis remontée à l'étage en rampant avant de m'allonger sur mon canapé dans l'espoir de délasser mon esprit fourbu.

Abattue par la douleur qui me martelait le crâne et en proie à la solitude la plus complète, j'ai communié avec ma souffrance en admettant enfin que le fil ténu qui me rattachait à la vie s'effilochait d'instant en instant. Mon énergie s'échappait de ma fragile enveloppe corporelle. Une profonde inertie gagnait mes membres, à commencer par leurs extrémités. J'entendais pour ainsi dire grincer les rouages de mon organisme alors que mes cellules me maintenaient tant bien que mal en vie. Je craignais de perdre mes facultés cognitives au point d'en rester handicapée à jamais. Pour la première fois, j'ai compris que je n'étais pas invulnérable, contrairement à un ordinateur que rien n'empêche de reconfigurer. Le sel de mon existence reposait sur la bonne santé de mes structures cellulaires mais surtout sur la capacité de mon cerveau à me transmettre ses directives par influx nerveux.

Consciente de l'humilité de mon état pour le moins critique, j'ai versé des larmes sur mon sort en songeant à la dégénérescence de mes cellules et… à ma mort prochaine. En dépit de l'irrésistible félicité que goûtait la moitié droite de mon cerveau, je luttais pour la survie des dernières connexions neuronales au sein de mon hémisphère gauche. Lucide, je ne me considérais déjà plus comme un être humain à part entière. Ma conscience ne pouvait plus se prévaloir des facultés analytiques de la moitié gauche prédominante de mon cerveau. En l'absence des pensées inhibitrices qui s'y formaient d'ordinaire, je ne me percevais plus comme un individu. Étant donné que mon hémisphère gauche ne m'incitait plus à m'identifier à la somme des parties de mon corps, la quiétude de mon hémisphère droit a envahi ma conscience enfin libre.

À un moment donné, tandis que je méditais en silence sur ma nouvelle perception du monde, je me suis demandé quand mes lésions au cerveau deviendraient irréversibles et lesquelles de mes facultés je pouvais encore espérer recouvrer un jour. Je n'avais pas vécu si longtemps pour mourir bêtement de but en blanc ou devenir un légume ! Je me suis pris la tête entre les mains en pleurant. Les larmes aux yeux, j'ai serré les poings et prié. Pour que la paix s'installe au fond de mon cœur. Pour que la paix envahisse mon esprit. S'il te plaît, qui que Tu sois, ne mets pas un terme aussi brutal à ma vie. Au cours du silence qui a suivi, j'ai imploré ma conscience : Accroche-toi. Tiens-toi tranquille. Calme-toi. Accroche-toi.

J'ai attendu une éternité dans mon salon. Du moins, c'est ce qu'il m'a semblé. Quand Steve s'est présenté chez moi, nous n'avons pas échangé un seul mot. Je lui ai tendu la carte de mon médecin, qu'il a aussitôt contactée pour s'informer de la marche à suivre. Sans perdre une minute, il m'a conduite à la porte de mon immeuble puis à sa voiture, dont il a incliné le siège passager en bouclant lui-même ma ceinture. Il m'a enveloppé le visage d'une écharpe afin de protéger mes yeux de la lumière. Il s'est adressé à moi d'une voix douce, en me tapotant le genou pour me rassurer. Puis il m'a emmenée à l'hôpital de Mount Auburn.

À l'arrivée, j'étais encore consciente mais, manifestement, je délirais. On m'a installée dans un fauteuil roulant en nous demandant de patienter dans la salle d'attente. L'indifférence du personnel à mon état pourtant critique a inquiété Steve, mais il a tout de même dûment rempli les formulaires d'admission en m'aidant à les signer. Pendant que nous attendions mon tour, mon corps s'est vidé de son énergie comme un ballon qui se dégonfle et je me suis à moitié effondrée. Steve a insisté pour que quelqu'un s'occupe immédiatement de moi.

On m'a fait une tomographie du cerveau : on m'a soulevée de mon fauteuil roulant pour me placer dans un scanner. En dépit de la douleur lancinante à l'intérieur de mon crâne, amplifiée par le bourdonnement intermittent de la machine, j'ai eu la satisfaction d'apprendre que je ne m'étais pas trompée dans mon diagnostic : je venais de subir un type d'AVC assez rare qui se traduisait par une hémorragie massive dans mon hémisphère gauche. Bien que je n'en garde aucun souvenir, mon dossier médical indique qu'on m'a donné à ce moment-là des stéroïdes pour atténuer l'inflammation.

Il a ensuite fallu me conduire à l'hôpital du Massachusetts. On m'a installée sur une civière, dans une ambulance, pour m'emmener à l'autre bout de Boston. Je me rappelle qu'un aide-soignant m'accompagnait. Compatissant, il m'a enveloppée dans une couverture en m'abritant les yeux sous sa veste. Vous n'imaginez pas à quel point cela m'a réconfortée de sentir sa main contre mon dos ! Sa profonde humanité et sa gentillesse m'ont apporté un soutien inestimable.

Enfin, me voilà libérée de tout souci ! Je me suis recroquevillée en position fœtale et j'ai attendu. J'ai compris que, ce matin-là, j'avais été témoin de la dégradation progressive de mon propre « câblage » neurologique. Depuis toujours, je me félicitais de mon existence en tant que réalisation de mon programme génétique unique au monde et de ma propre combinaison haute en couleur de brins d'ADN ! Je jouissais depuis toujours d'une parfaite santé. Comme beaucoup, je rêvais de garder l'esprit en éveil jusqu'au dernier instant avant ma mort, tant il me tenait à cœur d'assister à la transition ultime.

Un peu avant midi, le 10 décembre 1996, mes forces vitales se sont consumées tout d'un coup. Ma conscience a renoncé au contrôle qu'elle exerçait jusque-là sur mon organisme. Le cœur en paix, dans le silence de mon esprit muet, je me suis vidée de mon énergie. Mon corps a perdu son tonus et mon cerveau n'a bientôt plus tourné qu'au ralenti, en veilleuse. J'ai compris que je ne maîtrisais plus ce qui m'arrivait. En l'absence de sons, de goûts, d'odeurs, d'images, de sensations, et surtout sans la moindre crainte, mon esprit s'est détaché de mon corps et j'ai cessé de souffrir.

7

Ma conscience à nu

En arrivant aux urgences de l'hôpital du Massachusetts, je me suis retrouvée au cœur d'une tornade
ou, plutôt, d'une ruche bourdonnante d'activité. Mon
corps affaibli me pesait. On aurait dit qu'il venait de
se vider comme un ballon, lentement mais sûrement.
Médecins et infirmières s'affairaient autour de moi.
La lumière vive et le brouhaha m'épuisaient en me
réclamant plus d'attention que je ne me sentais en
mesure de leur accorder.

« Dites-nous ci ! » « Appuyez là. » « Signez ça ! » me
harcelait le personnel en dépit de ma semi-incons-
cience. Ridicule ! me suis-je écriée en mon for intérieur. Vous ne voyez donc pas que j'ai un problème ?
Qu'est-ce qui ne va pas chez vous ? Tout doux ! Je ne
vous comprends pas. Patience ! Ça fait mal ! Qu'est-ce
que c'est que cette cohue ? Plus les médecins s'entê-
taient à me tirer d'affaire, plus je me renfermais en
ne me reposant plus que sur mes propres ressources.
Ils m'importunaient par leurs attouchements, par
leurs palpations répétées. Je me tordais de douleur,
telle une limace qu'on saupoudre de sel. J'avais envie
de hurler : « Laissez-moi tranquille ! » mais je demeurais muette. Ils ne pouvaient pas m'entendre : forcément ! Ils ne pouvaient pas lire dans mes pensées. J'ai

fini par perdre connaissance comme un animal blessé tant je désirais leur échapper.

Je n'ai repris mes esprits que plus tard, dans le courant de l'après-midi. Quel choc de me découvrir encore en vie ! (Un immense merci aux professionnels de la santé qui ont stabilisé mes constantes vitales en m'offrant ainsi une chance de m'en sortir, même si personne, à ce moment-là, ne savait encore si je me rétablirais un jour, ni jusqu'à quel point.) Vêtue de la tenue d'hôpital de rigueur, je me trouvais allongée dans un lit partiellement relevé, la tête (qui m'élançait encore !) calée contre un oreiller, derrière une cloison m'isolant du reste de la salle. Mon corps sans vigueur s'enfonçait dans le matelas comme une masse de métal impossible à déplacer. Je n'aurais su dire dans quelle position je me tenais ni indiquer où se terminaient mes jambes. Je ne distinguais plus les limites de mon corps. Il me semblait ne plus faire qu'un avec l'immensité de l'univers.

Une douleur aiguë me martelait le crâne comme une succession de coups de tonnerre alors qu'un orage zébré d'éclairs se déchaînait sous mes paupières. Le moindre geste que je tentais d'accomplir me réclamait plus d'énergie qu'il ne m'en restait. Le simple fait d'inspirer me causait une douleur aux côtes et la lumière qui inondait la pièce me brûlait les yeux comme un incendie. Incapable de parler, j'ai demandé à ce qu'on éteigne le plafonnier en enfouissant mon visage contre le drap.

Je n'entendais plus que les battements de mon cœur, mais si fort que mon squelette tout entier vibrait à l'unisson, alors que mes muscles palpitaient d'angoisse. Mon esprit scientifique affûté ne parvenait plus à enregistrer ni à classer les informations que lui transmettaient mes sens. L'envie me vint de geindre comme un nouveau-né atteint de colique. Incapable de me rappeler le moindre détail de la vie que je menais jusque-là, je me considérais comme un nourrisson, un tout petit enfant venu au monde dans un corps d'adulte (dont le cerveau ne répondait plus, pour ne rien arranger).

À un moment donné, toujours alitée aux urgences, j'ai deviné dans mon dos la présence de deux de mes collègues de longue date en train d'examiner une tomographie de mon cerveau. Bien que je n'aie pas saisi un traître mot de ce qu'ils se racontaient, leur langage corporel m'a éclairée sur la gravité de mon état. Il ne fallait pas être docteur en neurobiologie pour comprendre que la grande tache blanche au milieu de mon cerveau n'avait rien à y faire ! Mon hémisphère gauche baignait dans une mare de sang et mon cerveau tout entier développait une inflammation en réaction au traumatisme.

Dans le silence de mon esprit muet, je me suis dit : Je ne suis plus censée me trouver encore là ! J'ai renoncé ! Mon énergie s'est évaporée. L'essence de mon être a fini par m'échapper. Ce n'est pas juste. Je n'ai plus ma place ici ! Qui que Tu sois, sache que je ne forme désormais plus qu'un avec le reste de l'univers. Je me suis fondue dans le flot de l'éternel, en tirant un trait sur un éventuel retour à la vie et, cependant, je demeure prisonnière. L'esprit qui habitait mon corps s'est éteint à jamais ! Je n'ai plus ma place ici ! Ma conscience que rien ne rattachait plus à qui que ce soit en dehors de moi s'est laissé porter par une onde de félicité. Laisse-moi m'en aller ! me suis-je écriée en moi-même. J'ai renoncé ! J'ai baissé les bras ! Je voulais échapper à la réalité de ma condition physique génératrice de souffrance. Au cours de ces brefs instants, cela m'a désespérée au plus haut point d'avoir survécu.

Mon corps froid et lourd frémissait de douleur. Les signaux que mon cerveau échangeait avec le reste de mon organisme ne me permettaient même plus de juger de mon état. Je me percevais comme une créature électrique ; un reste d'énergie en train de couver autour d'une masse d'organes. Je me réduisais à un déchet, à un rebut doté d'une conscience nouvelle. Mon hémisphère gauche donnait auparavant un sens à la réalité qui m'entourait grâce aux informations qu'il détenait sous forme de réseaux de neurones. Privée d'eux, j'avais le sentiment de ne plus exister. Ma conscience venait de basculer. Je vivais encore mais sans émotions ni souvenirs, sans ce qui faisait jusque-là le sel de mon existence. Étais-je encore moi-même ? Comment pouvais-je me considérer comme le Dr Jill Bolte Taylor si je ne nourrissais plus les mêmes pensées qu'elle ni aucun des liens affectifs qui la rattachaient à ses proches ?

Je garde aujourd'hui de mon AVC un souvenir teinté d'amertume. Comme mon aire associative pour l'orientation ne jouait pas son rôle habituel, je ne percevais plus les limites de mon corps, qui ne s'arrêtait par conséquent plus à l'endroit où ma peau entrait en contact avec l'air ambiant. Je me prenais pour un génie libéré de sa lampe magique. Mon énergie spirituelle flottait en suspens autour de moi, telle une baleine géante dans un océan d'euphorie muette. La disparition des frontières de mon corps, plus subtile que le plus subtil des plaisirs à notre portée en tant que créatures de chair et de sang, m'a plongée dans un bonheur sans nom. Il m'a semblé évident, alors même que ma conscience se prélassait dans une quiétude bienfaisante, que l'immensité de mon esprit sans bornes ne parviendrait plus jamais à regagner le cadre étriqué de mon enveloppe charnelle.

Ma félicité profonde m'offrait une merveilleuse échappatoire à l'impression décourageante de délabrement qui me submergeait chaque fois que l'on me convainquait de renouer tant bien que mal avec mon environnement immédiat, ô combien fuyant ! Je n'existais plus que dans un lointain espace-temps indépendant de ma perception habituelle du monde. Ce que recouvrait jadis la notion de « moi » ne survivrait pas à une catastrophe neurologique d'une telle ampleur. Le Dr Jill Bolte Taylor venait de disparaître à jamais ce matin-là. Qui donc avait survécu ?

À partir du moment où mon centre du langage ne me rabâchait plus : « Je me nomme Jill Bolte Taylor. Je suis une neurobiologiste. J'habite à telle adresse et mon numéro de téléphone est le suivant », rien ne m'obligeait plus à demeurer moi-même. Sans « câblage » émotionnel pour me rappeler mes goûts et mes dégoûts, sans « ego » pour m'indiquer en vertu de quels critères juger mon entourage, je ne pensais plus du tout comme par le passé. Compte tenu de l'étendue de mes lésions neurologiques, je ne redeviendrais plus jamais moi-même, même en rêve ! Si j'en crois mon nouveau moi, le Dr Jill Bolte Taylor venait de passer de vie à trépas ce matin-là. Elle n'existait plus. Mon ignorance complète de son vécu, de ses réussites et de ses échecs me déliait de l'obligation de m'en tenir à ses choix ou aux limites qu'elle s'imposait jusque-là.

La disparition de mon hémisphère gauche, et de celle que j'étais autrefois, a eu beau me peiner, elle ne m'en a pas moins libérée. Une espèce de rage intérieure animait le Dr Jill Bolte Taylor qui traînait à sa suite un bagage émotionnel pas toujours facile à porter. Elle se consacrait corps et âme à son travail et aux causes qu'elle défendait. Elle menait une vie trépidante, par bien des côtés admirable, mais aussi mue par une rancœur qui, par chance, m'était devenue étrangère. Je ne me rappelais plus mon frère ni sa maladie ni le divorce de mes parents. Je ne me souvenais même pas de mon travail ni de la pression que je subissais au quotidien. L'occultation de mon passé fut une véritable délivrance. Je venais de passer les trente-sept premières années de ma vie à me dépenser sans compter. Soudain, j'ai découvert ce que signifiait le verbe « être », tout simplement.

La détérioration de mon hémisphère gauche a marqué l'arrêt de l'horloge interne qui me donnait la notion du temps. Les instants ne se succédaient plus les uns aux autres mais demeuraient éternellement en suspens. Un peu comme quand on longe une plage ou qu'on contemple le spectacle de la nature. Rien ne me pressait plus de me lancer dans la moindre activité. J'ai renoncé à l'action au profit de l'être ; à mon hémisphère gauche au bénéfice du droit. Je ne me sentais plus minuscule et insignifiante ou seule au monde mais en expansion infinie. J'ai cessé de penser verbalement pour me contenter de simples images de l'instant présent. Je ne parvenais plus à réfléchir au passé ni à l'avenir : les cellules qui me le permettaient autrefois ne jouaient plus leur rôle. Je ne m'ancrais plus que dans l'ici et maintenant, et c'était magnifique !

La conception que je me formais de moi-même a radicalement changé. Je ne me distinguais plus des entités qui m'entouraient. L'intuition m'est venue qu'au niveau le plus élémentaire, j'étais un fluide. Évidemment ! Tout, autour de nous, et en nous, se compose de particules atomiques en mouvement. Bien que notre ego se plaise à nous considérer comme un individu unique, la plupart d'entre nous restent conscients de la perpétuelle activité des milliers de milliards de cellules qui les composent et font d'eux ce qu'ils sont. Libéré des entraves que lui imposait le mode ordinaire de perception de mon hémisphère gauche, mon hémisphère droit a exulté de se découvrir associé au flux de l'éternel. Je ne me sentais plus isolée ni seule au monde. Mon âme en expansion atteignait les dimensions de l'univers entier en s'ébattant allègrement dans un océan sans bornes.

Un subtil malaise s'instillerait sans doute chez la plupart d'entre nous à l'idée de posséder une âme aussi vaste que l'univers entier, reliée au flux d'énergie qui parcourt tout ce qui est. Et, pourtant, qui oserait nier la réalité des millions de milliards de particules en mouvement qui nous constituent ? Nous ne sommes au fond que des membranes remplies de fluides dans un univers liquide où tout s'agite sans répit. Tout autour de nous se réduit en dernière analyse à un assemblage de molécules de densités variables ; à une combinaison d'électrons, de protons et de neutrons esquissant un incessant ballet aux figures complexes. Tout est atomes. Tout est énergie. Mes yeux ne percevaient plus une mosaïque aux composants distincts. Au contraire, voilà que tout fusionnait ! Je n'analysais plus normalement ce qui se présentait à ma vue. (Ma perception de mon environnement le jour de l'AVC s'apparente assez aux tableaux pointillistes de certains néo-impressionnistes.)

Ma conscience en éveil se sentait rattachée à une sorte de flux cosmique. Tout se confondait dans mon champ de vision dont le moindre pixel irradiait d'énergie. Impossible de distinguer les limites entre les objets : ils ne formaient plus qu'un vaste ensemble. Ceux qui ôtent leurs lunettes avant de se mettre des gouttes dans l'œil doivent éprouver une impression comparable : pour eux aussi, les frontières se brouillent.

Je ne voyais plus en trois dimensions. Rien ne me semblait plus proche ni lointain. Je ne remarquais la présence de quelqu'un sur le seuil de la salle que lorsqu'il bougeait. Il n'allait pas de soi pour moi de prêter attention à un ensemble de molécules plutôt qu'à un autre. Pour couronner le tout, mon cerveau ne reconnaissait plus les couleurs.

Jusqu'à ce fameux matin, du temps où je me percevais encore comme quelque chose de consistant, j'éprouvais un sentiment de perte quand un de mes proches disparaissait de ma vie. Là, il m'aurait été impossible de ressentir quoi que ce soit du même ordre vu que je n'établissais plus de distinction entre moi et le reste du monde. En dépit de mon traumatisme neurologique, une incomparable quiétude a envahi mon être tout entier.

Quelle joie de fusionner avec l'univers ! À l'idée de ne plus pouvoir me considérer comme quelqu'un de normal, un frisson m'a toutefois parcourue. Comment concilier mon appartenance à l'espèce humaine avec mon intuition que chacun de nous possède autant de force vitale que le reste du monde ? Comment trouverais-je encore ma place dans la société si la notion de peur ne signifiait plus rien pour moi ? Je ne correspondais plus à rien de connu ni de répertorié. À ma manière, unique, je souffrais de graves troubles mentaux. Je dois avouer que la nécessité d'admettre que notre vision du monde extérieur et notre relation à lui découlent de notre « câblage » neurologique m'a libérée tout en me posant un défi de taille. Jusque-là, je n'étais donc que le pur produit de mon imagination !

Lorsque l'horloge interne de mon hémisphère gauche s'est arrêtée, le rythme de mon existence a ralenti jusqu'à atteindre l'allure d'un escargot. Je me suis sentie en décalage avec la ruche bourdonnante d'activité où je me trouvais. Ma conscience a basculé dans une temporalité à part en me rendant incapable de communiquer au rythme de rigueur lors des échanges sociaux. Me voilà dans un univers parallèle. Impossible d'établir la moindre relation avec mon entourage. La vie ne s'était pourtant pas éteinte en moi ! Mes médecins devaient me prendre pour une anomalie de la nature. Et, en mon for intérieur, je ne leur donnais pas tort.

Me mouvoir avec un tant soit peu de pep me semblait tellement au-dessus de mes forces que j'ai sincèrement cru que mes cellules ne fonctionneraient plus jamais comme avant. Tout de même ! Je ne savais plus marcher ni parler, ni lire, ni écrire, ni même me tourner dans mon lit et pourtant il me semblait évident que tout allait bien. La cérébralité, de mon hémisphère gauche pour l'heure en veilleuse, ne refoulait plus ma conviction innée d'incarner une force de vie à l'état pur. Je gardais conscience d'un changement en moi mais pas une seule fois mon hémisphère droit ne m'a laissé entendre que je valais moins qu'avant. Me voilà devenue un être de lumière dont l'énergie se diffusait dans le reste du monde ! Tant pis si je ne disposais plus d'un corps ou d'un cerveau en mesure de me connecter aux autres ; je me tenais pour un chef-d'œuvre de la vie cellulaire ! En l'absence des jugements négatifs de mon hémisphère gauche, je me percevais comme un tout d'une absolue perfection, et ce malgré mon piteux état.

Vous devez vous demander par quel miracle je me souviens encore de ce qui s'est passé ce jour-là. Je vous rappelle que je restais lucide en dépit des troubles mentaux qui me handicapaient. Notre conscience résulte du fonctionnement simultané d'un certain nombre de « programmes » qui ajoutent chacun une nouvelle facette à notre perception de la réalité. Mon hémisphère gauche ne m'autorisait certes plus à me considérer comme un sujet qui dit « je » (ni même comme un individu) mais la moitié droite de mon cerveau demeurait consciente. Il me manquait une partie de mes facultés mentales, celles qui me permettaient de ne jamais perdre de vue qui j'étais ni où j'habitais, etc. Les autres composantes de ma conscience n'en restaient pas moins en éveil en continuant à traiter à leur manière les informations sur mon environnement que me transmettaient mes sens. Comme mon hémisphère gauche ne dominait plus le droit, d'autres régions de mon cerveau ont « pris la parole ». Des opérations qui se déroulaient jusque-là en toile de fond de mon esprit ont occupé le devant de la scène. Rien ne me retenait plus prisonnière de mes anciens modes de perception. La personnalité de mon hémisphère droit, autrement plus lucide que celle qui était jusque-là la mienne, allait dorénavant primer.

À en croire ceux qui se trouvaient à mon chevet à ce moment-là, j'étais toutefois dans de beaux draps ! Aussi démunie qu'un nouveau-né incapable de comprendre ce qui se passe autour de lui. Les sons qui parvenaient à mes oreilles me causaient une vive douleur en m'assourdissant sans que je parvienne à y attacher le moindre sens. Quand quelqu'un me parlait, je ne distinguais pas sa voix du brouhaha environnant. De mon point de vue, tout le monde hurlait sans cesse à l'unisson comme une meute de loups. Il me semblait que plus rien ne reliait mes tympans à mon cerveau. Je devinais confusément que des informations cruciales m'échappaient.

J'avais envie de dire à mon entourage : Ça ne sert à rien de hurler ! Je ne comprends pas mieux ce que vous me dites. N'ayez pas peur de moi. Approchez-vous. Apportez-moi votre soutien. Parlez plus lentement. Et plus distinctement ! Ar-ti-cu-lez ! Répétez, s'il vous plaît. Encore une fois ! Tout doux ! Soyez gentils avec moi. Offrez-moi un havre de paix. Dites-vous que je ne suis qu'un animal blessé, vulnérable, mais pas stupide pour autant ! Quels que soient mon âge ou mes diplômes, tendez-moi la main. Respectez-moi. Je suis là ! Faites l'effort de venir à moi.

Ce matin-là, pas une seule fois je n'ai pensé orchestrer mon sauvetage pour me retrouver au bout du compte handicapée à vie. Ma conscience, que rien ne rattachait plus à mon corps, m'a cependant convaincue que jamais je ne réussirais à canaliser mon énergie dans les limites de mon enveloppe charnelle ni à restaurer dans leur complexité initiale les connexions entre mes neurones. Je flottais en suspens entre deux dimensions irréconciliables de la réalité. J'ai connu en même temps l'enfer de la douleur qui palpitait dans mon corps blessé incapable d'interagir avec le monde extérieur et le paradis de la félicité intemporelle où baignait mon hémisphère droit. Et en même temps, au plus profond de moi, j'exultais à l'idée d'être encore en vie !

8

En soins intensifs
dans l'unité de neurologie

Une fois certains que rien ne justifiait plus ma présence aux urgences, les médecins qui s'occupaient de moi m'ont transférée en soins intensifs dans l'unité de neurologie. Tout ce que je savais, c'est qu'un autre patient occupait le lit à ma droite, qu'une porte s'ouvrait au pied du mien et qu'un mur se dressait à ma gauche. En dehors de cela, je ne gardais plus conscience que de ma tête et de mon bras droit, qui m'élançaient encore, l'un autant que l'autre.

Les gens qui gravitaient autour de moi me faisaient l'effet de concentrés d'énergie. Je me sentais malmenée par mon entourage incapable de communiquer avec moi. Faute de pouvoir m'exprimer ou même comprendre ce qu'on me disait, je restais prisonnière de mon silence, en marge de la vie. Si j'avais reçu un dollar à chaque examen neurologique que j'ai subi au cours des premières quarante-huit heures de mon séjour à l'hôpital, je serais aujourd'hui riche ! Une foule de blouses blanches s'affairait autour de moi dans l'intention de me palper ou m'ausculter, d'évaluer mon état de santé. Leur agitation a fini par absorber le peu d'énergie qu'il me restait. Comme j'aurais aimé qu'ils coordonnent leurs efforts et se communiquent leurs diagnostics respectifs !

Depuis que mon hémisphère droit régnait en maître sur ma conscience, je débordais d'empathie. J'avais beau ne pas saisir un traître mot de ce qui se racontait autour de moi, les physionomies et les postures des uns et des autres m'en disaient long sur leur état d'esprit. Je suis devenue très attentive à l'influence qu'exerçait sur moi mon entourage. Certains me communiquaient leur énergie alors que d'autres au contraire me pompaient la mienne. Une infirmière en particulier redoublait de prévenance envers moi : Est-ce que j'avais froid ? Soif ? Mal quelque part ? Naturellement, je me sentais en sécurité auprès d'elle. Elle cherchait sans cesse à capter mon regard en créant autour de moi un cocon protecteur qui faciliterait ma guérison. À l'inverse, une autre infirmière, qui ne me jetait jamais un coup d'œil, traînait sans arrêt les pieds comme une âme une peine. Elle m'a donné une brique de lait sans s'aviser qu'il me manquait la dextérité requise pour l'ouvrir. Je mourais d'envie de boire quelque chose de consistant mais elle n'a pas tenu compte de mes besoins. Elle élevait la voix en s'adressant à moi sans se rendre compte que je n'étais pas sourde. Compte tenu des circonstances, sa mauvaise volonté à s'occuper de moi m'a inquiétée. Je ne me sentais pas très rassurée en sa présence.

Le Dr David Greer s'est montré très gentil envers moi. Il a compati de tout cœur à ma situation et a pris le temps, au cours de ses visites quotidiennes, de se pencher pour me parler à l'oreille, d'une voix douce. D'une simple pression sur mon bras, il m'a rassurée sur mon sort. Ses propos avaient beau m'échapper, il me semblait hors de doute que le Dr Greer veillait sur moi. Il comprenait que je n'étais pas stupide mais que je souffrais, tout simplement.

Il m'a traitée avec respect. Je lui en garde une reconnaissance éternelle.

Le jour de mon admission en soins intensifs, mon état s'est rapidement amélioré sur certains points et, à l'inverse, pas du tout sur d'autres. De toute façon, il me faudrait encore des années avant de me rétablir complètement. Certaines parties intactes de mon cerveau s'efforçaient d'interpréter les milliers de milliards d'informations qui leur parvenaient à chaque instant. Le silence de mon esprit a marqué le changement le plus notable qui ait accompagné mon AVC. Ce n'est pas que je ne parvenais plus à réfléchir : je ne réfléchissais tout simplement plus de la même façon. Fini de communiquer avec l'extérieur ! Adieu au langage et à la notion du temps. Bienvenue à la pensée par images ! Je méditais désormais à loisir sur ce que je percevais d'instant en instant.

L'un des médecins m'a demandé le nom de l'actuel président des États-Unis. Avant de lui fournir une réponse, il a d'abord fallu que je comprenne qu'il me posait une question. Quand je m'apercevais (en général pas tout de suite) que quelqu'un réclamait mon attention, il fallait qu'il me répète ce qu'il venait de me dire en me laissant le temps d'épier les mouvements de ses lèvres puis de me concentrer sur les sons qui s'en échappaient. Comme mes oreilles peinaient à distinguer les voix du bruit du fond, il fallait souvent me répéter les questions lentement en articulant. J'avais besoin de calme et d'un énoncé clair. L'expression de mon visage pouvait sembler obtuse ; mon esprit n'en sollicitait pas moins ses connaissances. Je finissais la plupart du temps par répondre mais lentement ; beaucoup trop, d'ailleurs, au goût de mon entourage.

Prêter attention à ce que quelqu'un me disait me réclamait un effort harassant. Je devais me concentrer sur ce dont m'informaient ma vue et mon ouïe alors que ni l'une ni l'autre ne fonctionnaient normalement. Mon cerveau meurtri décomposait un ensemble de sons en unités de discours qu'il associait à des mouvements de lèvres. Il passait ensuite en revue sa banque de données en quête du sens attaché à telle ou telle association. Une fois un énoncé élucidé mot par mot, il me restait encore à percer le mystère de la juxtaposition des différents termes au sein d'une même phrase... ce qui prenait des heures à mon esprit esquinté.

Je comparerais l'effort que je devais fournir pour entendre ce qu'on me disait à celui que nécessite une conversation sur un mobile ne captant pas assez de signal. La concentration nécessaire devient telle qu'on finit souvent par s'impatienter ou se sentir frustré au point de raccrocher. Distinguer une voix du fond sonore me réclamait une incroyable force de volonté (et supposait chez mon interlocuteur une infinie patience).

Quand je cherchais une information dans ma mémoire, je commençais par me répéter inlassablement les sons qui composaient les mots-clés de ma quête afin de ne pas oublier leur aspect auditif. Puis je tentais de me souvenir du sens de chacun des termes. Président. Président. Qu'est-ce qu'un président ? Qu'est-ce que ça veut dire ? Dès que je me suis formé une image mentale de la notion de président, je me suis intéressée aux « États-Unis ». Les États-Unis. Les États-Unis. Qu'est-ce que c'est que les États-Unis ? Qu'est-ce que ça signifie ? Là encore, le dossier correspondant dans mon cerveau se réduisait à une simple image. Il m'a fallu associer les deux, celle d'un président à celle des États-Unis. Mon médecin ne m'interrogeait cependant pas sur les États-Unis ni sur la notion de président. Il me demandait d'identifier un homme en particulier, ce qui sollicitait une autre partie de mon esprit. Comme mon cerveau ne parvenait pas à passer de « président » puis « États-Unis » à « Bill Clinton », j'ai dû m'avouer vaincue, non sans avoir consacré des heures à une gymnastique mentale épuisante.

À tort, mes médecins ont évalué mes facultés cognitives en fonction de ma promptitude à me rappeler telle ou telle information au lieu de s'attacher au trajet mental qui me permettait de la retrouver. Bien que je n'aie pas ménagé ma peine, en fin de compte, de trop nombreuses associations entre « président » et « États-Unis » se sont imposées à mon esprit pour que celui-ci opère un tri. Ne plus penser qu'en images m'interdisait de passer du général au particulier. Je devais donc me résoudre à examiner l'une après l'autre les milliers de combinaisons disponibles dans ma mémoire. Une véritable tâche herculéenne, croyez-moi ! Peut-être qu'une question à propos de Bill Clinton aurait éveillé une image de ce dernier fournissant un point de départ à ma recherche. Si l'on m'avait demandé « À qui Bill Clinton est-il marié ? », j'aurais sans doute visualisé Bill puis le concept de mariage et, avec un peu de chance, une image d'Hillary au côté de son époux me serait apparue.

Un observateur neutre m'aurait sans doute jugée diminuée vu que je ne traitais plus comme il se devait les informations que me transmettaient mes sens. L'incapacité de la communauté médicale à communiquer avec quelqu'un dans mon état m'a néanmoins consternée. Les AVC sont la principale cause de handicap dans notre société, or il s'en produit quatre fois plus dans l'hémisphère gauche, c'est-à-dire dans les centres du langage, que dans le droit. Il me semble essentiel que les victimes d'un AVC s'expriment enfin sur les modalités de leur rétablissement : elles permettraient ainsi aux professionnels de la santé de se montrer plus efficaces au cours des premières heures de traitement. J'aurais voulu que mes médecins s'intéressent au nouveau fonctionnement de mon cerveau plutôt que de s'assurer que celui-ci correspondait bien à leurs critères d'évaluation. Je détenais encore des quantités d'informations. Seulement, j'allais devoir imaginer un nouveau moyen de les retrouver.

Ce fut vraiment fascinant pour moi d'assister de l'intérieur à mon propre rétablissement. Du fait de mes connaissances universitaires, je concevais jusque-là mon organisme comme un ensemble de programmes neurologiques. Sans mon AVC, je n'aurais jamais pris conscience du risque que nous courons tous de perdre des parts essentielles de nous-mêmes sous la forme d'un programme à la fois. Je ne m'étais pas une seule fois demandé quel effet produirait sur moi la perte de ma conscience, et en particulier celle qui habitait mon hémisphère gauche. J'aimerais qu'il existe un moyen indolore d'amener tout un chacun à réfléchir là-dessus. Il s'agirait là d'une expérience éclairante à plus d'un titre.

Imaginez-vous, si vous le voulez bien, privé petit à petit de l'ensemble de vos facultés mentales. Imaginez que vous ne parvenez plus à interpréter les vibrations qui se communiquent à vos tympans. Vous n'êtes pas sourd, simplement vous n'entendez plus qu'un tohu-bohu sans queue ni tête. Pour ne rien arranger, il vous est impossible de distinguer les contours du moindre objet. Vous n'êtes pas aveugle, non : vous ne voyez tout bonnement plus en trois dimensions (et vous ne reconnaissez pas non plus les couleurs, bien entendu). Vous ne repérez plus les éléments en mouvement dans votre champ de vision, ni les limites qui les définissent. Vous percevez en revanche les odeurs avec une telle acuité que c'est tout juste si vous n'en suffoquez pas.

Votre incapacité à vous rendre compte des variations de température ou de la position de vos membres modifie votre perception de votre corps. Votre énergie se diffuse à tout ce qui vous entoure. Voilà que vous atteignez les dimensions de l'univers ! La petite voix dans votre tête, qui vous rappelle qui vous êtes et où vous habitez, se tait. Vous oubliez les émotions qui vous ont façonné au fil des ans. La plénitude de l'instant présent vous absorbe tout entier. Tout, y compris la force vitale à l'œuvre en vous, rayonne d'énergie à l'état pur. Mû par une curiosité enfantine, votre esprit découvre la possibilité inédite de baigner dans une mer d'euphorie et votre cœur connaît enfin la paix. Demandez-vous alors : seriez-vous vraiment motivé pour renouer avec les contraintes d'une routine établie ?

J'ai beaucoup dormi l'après-midi qui a suivi mon AVC ; du moins, autant qu'on puisse dormir dans un hôpital ! Mon sommeil opposait un barrage au flot continu de stimuli qui assaillait mes sens. Je fermais les yeux pour ne pas avoir à subir l'intrusion de mon entourage. La lumière m'incommodait. Mon cerveau palpitait de douleur chaque fois qu'un médecin pointait un crayon lumineux sur mon œil pour vérifier mes réflexes pupillaires. La perfusion attachée au dos de ma main me brûlait comme une plaie à vif saupoudrée de sel. J'aurais tant voulu échapper à toutes ces manipulations ! Je me suis réfugiée dans le sanctuaire de mon esprit muet… en attendant le prochain examen neurologique.

Steve a passé un coup de fil à ma mère, G.G. (Prononcez « Gigi ») (surnommée ainsi à cause de son nom de jeune fille, Gladys Gillman), pour l'informer de ce qui venait de m'arriver. G.G. et Steve se connaissaient depuis belle lurette : ils se retrouvaient régulièrement aux conférences de la NAMI et s'appréciaient d'ailleurs beaucoup. Je suis sûre que ce coup de fil a dû s'avérer aussi pénible pour l'un que pour l'autre. Steve m'a raconté par la suite que, quand ma mère a décroché, il lui a d'abord demandé de s'asseoir. Puis il lui a expliqué que je souffrais d'une grave hémorragie cérébrale. Heureusement, je me trouvais dans un état stable et bénéficiais des meilleurs soins possibles à l'hôpital du Massachusetts.

Plus tard ce jour-là, ma supérieure hiérarchique, Francine, a elle aussi téléphoné à G.G. pour la convaincre de se préparer à un long séjour à Boston. Francine pensait qu'il me faudrait sans doute subir une intervention chirurgicale. Elle espérait que G.G. viendrait s'occuper de moi sur place. G.G. a accepté sans hésiter. Elle avait passé dix années de sa vie à tenter d'aider mon frère à guérir, en vain. Pourtant, elle n'a pas douté un instant de pouvoir apporter un soutien efficace à sa fille victime d'un traumatisme neurologique. G.G. a passé outre la frustration de son échec à sortir mon frère de sa schizophrénie pour réfléchir à un moyen de m'aider à recouvrer mes facultés mentales.

9
Jour J + 1 :
le lendemain de l'AVC

Je me suis réveillée tôt le lendemain matin, quand une étudiante en médecine est entrée en trombe dans ma chambre pour compléter mon dossier médical en m'interrogeant sur mes antécédents. Il m'a semblé pour le moins curieux que personne ne l'ait avertie qu'elle aurait affaire à une victime d'un AVC incapable de parler ou de comprendre un traître mot. Je me suis dit, ce matin-là, que le personnel soignant d'un hôpital devrait avant tout veiller à ne pas gaspiller l'énergie des patients. La jeune femme qui est venue me voir m'a fait l'effet d'un vampire ! Elle voulait me soutirer des informations en dépit de mon état de santé préoccupant, alors qu'elle n'avait rien à m'apporter en échange. Elle menait une course contre la montre qu'elle allait vraisemblablement perdre. Dans sa précipitation, elle m'a traitée de façon assez cavalière, comme une quantité négligeable. Elle parlait à un débit accéléré en criant comme si elle s'adressait à une sourde. Je me suis contentée de déplorer sa bêtise et son ignorance en mon for intérieur. Elle était pressée par le temps, or je venais de subir un AVC. Nos rapports ne s'annonçaient donc pas simples ! Elle aurait peut-être tiré quelque chose de moi en me témoignant un peu de gentillesse ou de patience mais, comme elle voulait à tout prix que je m'adapte à son rythme, notre échange ne l'a pas plus satisfaite que moi. Ses exigences m'ont fatiguée. J'ai compris qu'il me faudrait dorénavant veiller à économiser mon énergie.

J'en ai tiré la leçon qu'en ce qui concernait mon rétablissement, j'étais seule en mesure de décider du succès ou de l'échec de ceux qui me prodiguaient leurs soins. C'était à moi, et moi seule, d'y mettre du mien ou pas. J'ai manifesté ma meilleure volonté à ceux qui m'ont encouragée à guérir en établissant entre eux et moi un lien, un contact physique rassurant ; en me parlant calmement. J'ai bien accueilli ceux qu'animaient de bonnes intentions. En revanche, je me suis fermée à ceux qui me menaçaient, en refusant de tenir compte de leurs sollicitations importunes.

Mon désir de guérir a résulté d'un choix difficile. D'un côté, j'exultais de me sentir happée par le flot de l'éternel. Qui ne s'y serait pas complu, à ma place ? Quel bonheur ! Mon esprit rayonnait, libre, infini, en paix. Envoûtée par un sentiment de profonde quiétude, j'ai dû réfléchir à ce qu'impliquerait mon rétablissement. Un hémisphère gauche opérationnel présentait de toute évidence certains avantages ; dont celui, notamment, de pouvoir interagir avec le monde extérieur. Me concentrer sur mon environnement chaotique engendrait toutefois en moi une douleur intense, compte tenu de mon état. Quant à l'effort qu'il me faudrait fournir pour me remettre sur pied… Qu'est-ce qui comptait le plus pour moi, au fond ?

Honnêtement, par bien des côtés, cette existence me plaisait plus que la précédente. Je ne souhaitais pas mettre en péril ma nouvelle conscience de moi-même et de l'univers au nom d'une hypothétique guérison. Cela me plaisait de me percevoir comme un fluide fusionnant avec le reste du monde. Ma sensibilité accrue aux variations d'énergie et au langage corporel me fascinait. Surtout, je raffolais du sentiment de paix qui se diffusait du plus profond de mon être.

J'aspirais à me retrouver au calme auprès de personnes capables d'apprécier à sa juste valeur ma quiétude intérieure. Mon empathie exacerbée m'amenait à ressentir au plus haut degré la tension nerveuse de mon entourage. Si guérir impliquait de me sentir sans arrêt dans le même état que ceux qui gravitaient autour de moi, alors non merci ! Autant m'isoler des autres et me contenter de les observer sans entrer en contact avec eux. Comme l'a écrit Marianne Williamson : « Peut-on participer à la course des rats sans devenir soi-même un rat ? »

Andrew, un autre étudiant en médecine, est venu à son tour m'examiner ce même matin. Mon manque de tonus musculaire m'empêchait de me redresser seule, et plus encore de me lever. Andrew a posé une main sur mon bras, il m'a parlé sans hausser le ton, m'a regardée droit dans les yeux et n'a pas hésité à me répéter ses propos lorsque c'était nécessaire. Du coup, je me suis sentie en sécurité auprès de lui. En somme, il m'a respectée en tant que personne, en dépit de mon état. Je n'ai jamais douté qu'il deviendrait un jour un excellent médecin. J'espère d'ailleurs que c'est aujourd'hui le cas.

Le Dr Anne Young, qui dirigeait à l'époque le département neurologie de l'hôpital du Massachusetts (et que je surnomme « la reine de la neurologie »), a personnellement veillé sur moi. J'entendais parler d'elle depuis que je travaillais à la Banque des cerveaux de Harvard. Elle appartenait d'ailleurs à son comité de consultation et, deux semaines plus tôt à peine, j'avais eu l'honneur de me trouver placée à côté d'elle au déjeuner annuel du comité à l'occasion d'un colloque en neurobiologie à La Nouvelle-Orléans. À table, je lui avais expliqué que je me démenais sans compter pour convaincre les personnes atteintes de troubles mentaux de donner leur cerveau à la science. Ce jour-là, le Dr Young avait fait la connaissance de mon « moi » professionnel. Quand elle m'a retrouvée lors de sa ronde matinale, un lien particulier nous unissait déjà.

J'ai eu beaucoup de chance que, parmi tous les programmes de mon cerveau hors d'état de marche, celui de l'embarras ait également cessé de fonctionner. Un peu comme une maman canard suivie par une ribambelle de canetons, le Dr Young et ses étudiants en médecine se sont présentés sur le seuil de ma chambre. À ma grande consternation rétrospective, je me trouvais alors les fesses à l'air tandis qu'une aide-soignante faisait ma toilette !

Le Dr Young m'a lancé un regard franc empreint de gentillesse, accompagné d'un sourire. En s'approchant de moi, elle m'a aussitôt touché le pied, tel un entraîneur de chevaux qui tapote sans y penser l'un de ses poulains en passant auprès de lui. Le Dr Young m'a aidée à trouver une position confortable avant de se placer auprès de mon épaule. Elle m'a doucement effleuré le bras et m'a parlé d'une voix caressante, à moi et non à ses étudiants. Elle s'est penchée suffisamment près de mon oreille pour que je l'entende sans peine. Même si je ne comprenais pas tout ce qu'elle disait, ses intentions m'ont paru limpides. Cette femme se rendait compte que je n'étais pas stupide mais simplement mal en point et qu'il lui revenait de déterminer quelles régions de mon cerveau fonctionnaient encore et quelles autres nécessitaient un traitement.

Le Dr Young m'a respectueusement demandé si cela ne me dérangeait pas qu'elle enseigne à ses étudiants l'art et la manière de pratiquer un examen neurologique en me prenant pour exemple. Je lui ai assuré que non. S'il y a bien un spécialiste du cerveau qui n'a pas suivi la leçon, c'est moi ! Je n'ai réussi aucun des tests. Le Dr Young n'a quitté mon chevet qu'une fois certaine que je n'aurais plus besoin d'elle. En sortant, elle m'a pressé la main, puis un orteil. Quel ne fut pas mon soulagement de savoir qu'elle veillait personnellement sur moi ! Il me semblait qu'elle, au moins, me comprenait.

Plus tard, ce matin-là, il m'a fallu passer une angiographie qui donnerait à mes médecins une vue des vaisseaux sanguins à l'intérieur de mon cerveau afin qu'ils déterminent le type d'hémorragie dont je souffrais. Bien qu'il m'ait paru absurde de devoir signer un formulaire de consentement au préalable, compte tenu de mon état, j'ai fini par me rendre à l'évidence : le règlement, c'est le règlement ! Puis, de toute façon, en vertu de quels critères peut-on déclarer quelqu'un « sain de corps et d'esprit » ou pas ?

Les mauvaises nouvelles circulent vite. À l'hôpital McLean comme à la NAMI, la rumeur de mon AVC n'a pas tardé à se répandre. Eh oui, voilà que la plus jeune membre jamais élue au comité national de la NAMI venait de subir un AVC à l'âge de trente-sept ans !

Deux de mes collègues de la Banque des cerveaux sont venus me rendre visite à l'unité de soins intensifs. Mark et Pam m'ont apporté un petit ours en peluche à cajoler. Leur gentillesse m'a beaucoup touchée. Bien qu'ils m'aient sans le vouloir communiqué leur appréhension initiale, ils m'ont remonté le moral en m'affirmant : « C'est bien toi, Jill ; tu vas t'en sortir ! » Leur absolue certitude de me voir un jour de nouveau sur pied m'a apporté un secours inestimable.

Le lendemain soir de mon AVC, j'avais retrouvé assez de pep pour me tourner sur le côté, m'asseoir au bord de mon lit avec un peu d'aide, et même me lever en prenant appui sur le bras de quelqu'un. Autrement dit : je venais d'accomplir d'énormes progrès sur le plan physique, même si ces quelques mouvements me réclamaient toute l'énergie à ma disposition. Mon bras droit, encore faible, continuait de m'élancer. Je parvenais toutefois à le bouger en contractant les muscles de mes épaules.

Mes réserves d'énergie variaient d'un moment à l'autre de la journée, d'un tout petit peu à pas du tout. Je les reconstituais en dormant avant de les dépenser en m'efforçant d'accomplir tel ou tel mouvement ou encore de réfléchir. Il ne me restait alors plus qu'à me replonger dans le sommeil. Je me suis tout de suite rendu compte de mon manque de résistance à la fatigue. J'allais devoir surveiller de près le niveau de mes batteries ! Et surtout, apprendre à les ménager en m'assoupissant sur commande au besoin.

La journée qui a suivi mon AVC s'est terminée par une visite de Steve : il m'a annoncé que G.G. arriverait à Boston le lendemain matin de bonne heure. Sur le coup, je n'ai pas compris ce que désignait « G.G. ». Il faut dire aussi que je ne me rappelais plus ce que recouvrait la notion de « mère » ! J'ai passé le reste de mes instants de veille à rapprocher en vain les termes « G.G. » et « mère ». Je n'arrêtais pas de me répéter « G.G. » puis « maman » dans l'espoir de retrouver l'accès aux dossiers correspondants de mon cerveau. J'ai fini par m'en former une idée vague mais suffisante pour que je piaffe d'impatience à la perspective de retrouver G.G. le lendemain.

10

Jour J + 2 :
G.G. entre en scène

Le matin du surlendemain de mon AVC, j'ai quitté l'unité de soins intensifs pour me retrouver dans une chambre qu'occupait déjà une autre patiente (une épileptique) dont l'aspect (c'est le moins qu'on puisse dire) sortait de l'ordinaire. Les médecins lui avaient enveloppé le crâne dans un linge blanc dont pointaient dans toutes les directions des quantités d'électrodes et de fils reliés à des appareils de mesure alignés de son côté du mur, qui la laissaient toutefois libre de se déplacer de son lit à son fauteuil ou à la salle de bains. Une chose est sûre : le tableau valait le coup d'œil ! Je parierais que mes visiteurs lui ont tous trouvé une tête de Méduse. Pour dissiper son ennui, elle engageait souvent la conversation avec ceux qui passaient me voir. De mon côté, j'aspirais au contraire au calme, c'est-à-dire à un minimum de stimuli sensoriels. Le bruit de sa télé absorbait mon énergie en allant à l'encontre de ce qui, selon moi, devait faciliter ma guérison.

Ce matin-là, il y avait de l'électricité dans l'air ! Mes collègues Francine et Steve venaient d'arriver. Plusieurs médecins allaient et venaient aux abords de ma chambre. Voilà enfin les résultats de l'angiographie disponibles, et le moment venu de passer aux choses sérieuses en décidant du traitement à m'administrer. Je me rappelle très bien le moment où G.G. a surgi dans ma chambre. Elle m'a regardée droit dans les yeux avant de se placer à mon chevet. Sans se départir de son calme, elle a salué ceux qui se trouvaient là puis a soulevé mon drap avant de se blottir dans mon lit, auprès de moi. Elle m'a serrée dans ses bras et je me suis sentie fondre dans la chaleur familière de son étreinte. J'ai vécu là un moment incroyable ! G.G. a tout de suite compris qu'elle n'avait plus affaire à sa fille diplômée de Harvard mais à un nouveau-né. À l'entendre, n'importe quelle mère aurait réagi comme elle à sa place. Je n'en suis pas si sûre. Ce fut une véritable bénédiction pour moi de naître du sein de G.G. Et ce fut la plus belle chance qui m'ait jamais été offerte de revenir à la vie grâce à elle.

Je n'aurais su imaginer plus grand bonheur qu'à cet instant précis, choyée par ma mère. Elle s'est montrée douce et gentille, même s'il est vrai qu'elle paniquait un peu. Dans l'ensemble, elle m'a laissé une excellente impression et je me suis dit que, décidément, elle me plaisait bien. Je me sentais parfaitement heureuse ! Que demander de plus ? Un cathéter m'évitait d'avoir à sortir de mon lit et voilà qu'une dame tout à fait charmante faisait irruption dans ma vie en me témoignant une affection inconditionnelle !

La conférence a ensuite commencé, par quelques rapports sur mon état de santé. Le Dr Young a donné le ton en s'adressant à moi comme si je comprenais ses propos. Un grand merci à elle de ne pas s'être contentée de parler de moi aux autres à la troisième personne ! Elle m'a présenté le Dr Christopher Ogilvy, un neurochirurgien spécialiste des malformations artério-veineuses. Il a déclaré que l'angiographie confirmait que mon hémorragie provenait d'une malformation congénitale des vaisseaux de mon cerveau. Je me plaignais depuis longtemps de migraines résistant aux traitements médicamenteux. Si j'en crois mes médecins, il ne s'agissait pas vraiment de migraines mais de saignements sporadiques.

Ne comprenant pas grand-chose à ce qui se disait autour de moi, je me suis concentrée sur la communication non verbale entre les différentes personnes présentes. Leur physionomie, leur intonation, leur posture même me fascinaient ! Curieusement, cela m'a rassurée de me dire que la gravité de mon cas justifiait tant d'agitation de leur part. Personne ne tient à provoquer un tel remue-ménage pour découvrir en fin de compte que non, il ne souffre pas d'une crise cardiaque mais de simples ballonnements d'estomac !

L'ambiance s'est tendue quand le Dr Ogilvy a parlé de l'anomalie des vaisseaux sanguins dans mon cerveau. Il a évoqué l'éventualité d'une craniotomie afin de procéder à l'ablation de ma malformation et d'un caillot de sang de la taille d'une balle de golf. Cela n'a pas plu à G.G. : son appréhension sautait aux yeux. Le Dr Ogilvy a précisé que, faute d'intervention chirurgicale, une nouvelle hémorragie risquait de se déclarer, qui ne me laisserait plus forcément la chance d'alerter les secours à temps.

Franchement, je n'ai pas très bien saisi ce que les médecins comptaient me faire subir, à cause de la mare de sang dans laquelle baignaient les cellules de mon cerveau dont le rôle consistait à décoder le langage verbal mais surtout en raison de la rapidité de leur débit. Il m'a semblé comprendre qu'ils voulaient passer une sorte d'aspirateur par mon artère fémorale afin de pomper le sang qui s'était répandu hors des vaisseaux de mon cerveau, en profitant au passage pour m'ôter une partie d'entre eux. Quelle horreur quand j'ai enfin pris conscience qu'ils projetaient de m'ouvrir le crâne ! Pas un neurobiologiste qui se respecte ne consentirait à laisser qui que ce soit ouvrir sa boîte crânienne, peu importent les circonstances ! Je pressentais que la différence de pression sanguine entre mes cavités thoracique, abdominale et crânienne formait un équilibre si fragile qu'une intervention telle qu'une craniotomie me viderait de mes dernières forces. Je craignais de ne plus jamais recouvrer mes facultés mentales si l'on m'ouvrait le crâne alors que je manquais déjà cruellement d'énergie.

J'ai fait comprendre à tout le monde que je ne tolérerais pas qu'on me fasse subir une intervention. En aucun cas. Personne ne semblait se rendre compte que mes batteries étaient à plat et que je ne survivrais pas à un nouveau choc, même destiné à me sauver. Je savais cependant que je me trouvais à la merci des gens réunis autour de moi.

La discussion s'est conclue par le report de ma craniotomie à une date prochaine. Il semblait évident pour tout le monde (sauf moi) que le rôle de G.G. consistait désormais à me convaincre de subir l'opération. Témoignant d'une incroyable compassion, G.G. a pressenti mes craintes, qu'elle a aussitôt tenté d'apaiser. « Ce n'est pas grave, ma puce, rien ne t'oblige à subir une intervention. Quoi qu'il arrive, je serai là pour veiller sur toi. Cela dit, si l'on ne t'ôte pas les vaisseaux qui ont éclaté dans ton cerveau, une nouvelle hémorragie risque de se déclarer. Auquel cas il ne te restera plus qu'à venir vivre sous mon toit, attachée à ma hanche jusqu'à la fin de tes jours ! » J'ai beau considérer ma mère comme quelqu'un de formidable, la perspective de passer le restant de ma vie attachée à sa hanche ne cadrait pas tellement avec mon idéal. Au bout de quelques jours, j'ai cédé : d'accord pour passer au scalpel !

Il ne me restait plus qu'à regagner assez de forces pour survivre au choc de l'intervention, prévue dans quelques semaines.

Pendant les premiers jours qui ont suivi mon AVC, mon énergie a augmenté puis diminué en proportion de mon temps de sommeil et de mes efforts à l'état de veille. J'ai très vite compris que seule comptait la tâche sur laquelle je me concentrais pour l'heure. Le premier jour, j'ai dû me balancer d'avant en arrière un long moment avant de parvenir à m'asseoir. Pendant ce temps, je me suis convaincue que rien d'autre n'importait. Évaluer ma réussite en fonction de mon objectif ultime n'eût pas été très judicieux tant celui-ci dépassait encore mes capacités. Décréter que mon but consistait à m'asseoir (alors que j'échouais lamentablement à me redresser) m'aurait sans doute incitée à baisser les bras. En décomposant l'effort de m'asseoir en une succession de balancements répétitifs, j'ai rencontré à chaque pas, si je puis dire, le succès (que j'ai d'ailleurs fêté en me rendormant). Au final, ma stratégie a consisté à me balancer, encore et encore, à un rythme soutenu, avant de continuer sur ma lancée avec enthousiasme. De là, j'en suis naturellement venue à redresser mon buste. Mes efforts se sont alors concentrés sur ce nouveau mouvement, que j'ai renouvelé avec entrain ; ce qui m'a permis au bout du compte de m'asseoir en me félicitant de ma réussite.

En somme, l'acquisition de la moindre aptitude physique nécessitait de ma part une concentration sans partage. Il fallait que je parvienne à réitérer mes efforts avant de passer à l'étape suivante. Le progrès le plus infime me coûtait du temps et de l'énergie en suscitant en moi le besoin d'un sommeil réparateur.

Le troisième jour qui a suivi l'AVC, je l'ai encore passé en grande partie à dormir tant mon cerveau aspirait à ne recevoir qu'un minimum de stimuli. Je ne « déprimais » pas pour autant : mon cerveau en surchauffe ne parvenait tout simplement plus à traiter le flux d'informations que lui envoyait le monde extérieur. G.G. et moi estimions l'une comme l'autre mon cerveau le mieux à même de déterminer ce qu'il lui fallait pour se rétablir. Hélas ! Il est rarement permis aux victimes d'un AVC de dormir autant qu'elles le souhaiteraient. Le sommeil offrait pourtant à mon cerveau un répit temporaire aux stimuli de mon environnement. Il faut dire aussi qu'à cause de mon récent traumatisme, les influx nerveux en provenance de mes récepteurs sensoriels généraient en moi une intense confusion. Il fallait du calme à mon esprit pour qu'il tire le bilan de son expérience. Mon temps de sommeil équivalait en somme à un temps de « classement ». Imaginez un peu le chaos qui envahirait un bureau où personne ne prendrait la peine de classer quoi que ce soit... Il en allait de même avec mon cerveau. Il avait besoin de temps pour archiver les impressions qui lui parvenaient.

Il m'a fallu établir un choix entre des activités physiques ou cognitives car les unes m'épuisaient autant que les autres. Mes progrès sur le plan physique ont été si rapides que je n'ai pas tardé à retrouver mon équilibre. Je parvenais désormais à m'asseoir sans peine, à me lever et même à longer le couloir pour peu que l'on m'aide. D'un autre côté, la force me manquait encore d'expulser l'air de mes poumons et je ne m'exprimais que d'un simple filet de voix, à un débit haché. J'avais bien du mal à trouver le mot juste et il m'arrivait d'en confondre certains. Je me rappelle ainsi avoir dit « lait » en pensant « eau ».

D'un point de vue cognitif, je peinais encore à comprendre ce qui m'arrivait d'heure en heure.

Je ne parvenais toujours pas à penser en termes de passé ni de futur, de sorte que je dépensais une énergie mentale incroyable à tenter d'associer un instant à l'autre. Mes réflexions s'enchaînaient de mieux en mieux en dépit de mes difficultés de concentration. Mon médecin avait pris l'habitude de me demander de mémoriser trois choses sur lesquelles il m'interrogeait à la fin de sa visite (jusque-là en vain puisque je ne collectionnais que les échecs). À l'entendre, G.G. a compris que j'allais m'en sortir la fois où mon médecin m'a demandé de me souvenir d'un pompier, d'une pomme et d'une adresse : le 33, allée des hiboux. Ce jour-là, j'ai décidé de ne prêter attention à rien d'autre et de ressasser les trois éléments en mon for intérieur jusqu'à ce que le moment vienne pour moi de les répéter à voix haute. Avant de s'en aller, mon médecin m'a posé la question fatidique. Sans hésiter, j'ai répondu : « Un pompier, une pomme et je ne sais plus quel numéro, allée des hiboux. » J'ai ajouté que, tant pis si je ne me rappelais plus l'adresse exacte, je n'hésiterais pas à frapper à toutes les portes de la rue jusqu'à ce que je trouve la bonne ! À ces mots, G.G. a poussé un profond soupir de soulagement : voilà mon cerveau de nouveau sur les rails ! Elle n'a dès lors plus douté de me voir un jour me débrouiller de nouveau seule.

Un peu plus tard, Andrew m'a rendu sa visite quotidienne. Afin d'évaluer mes capacités cognitives, il me demandait souvent de compter à l'envers de sept en sept en partant de cent, tâche ô combien ardue pour mon cerveau dont les neurones responsables de la réflexion mathématique venaient de subir des lésions irréversibles ! J'ai demandé à quelqu'un les premières réponses, que je me suis empressée de répéter à Andrew dès qu'il m'a interrogée. Bien sûr, je lui ai aussitôt avoué le subterfuge : je n'avais pas la moindre idée de la manière dont il fallait s'y prendre pour compter à l'envers ! Il me semblait toutefois important d'amener Andrew à prendre conscience que mon cerveau, qui ne manquait pas de ressources, finirait au fil du temps par compenser la perte des neurones touchés par l'hémorragie.

Le quatrième jour après l'AVC, je suis rentrée chez moi reprendre des forces en vue de l'intervention chirurgicale. Un kinésithérapeute m'a expliqué comment monter un escalier avant de me remettre entre les mains de G.G. Quand ma mère a pris le volant dans le centre de Boston engorgé par la circulation à son allure de provinciale mal dégourdie, je me suis sentie physiquement en danger ! G.G. m'a enveloppé le visage d'une écharpe pour empêcher la lumière du soleil de me picoter les yeux et j'ai prié d'un bout à l'autre du trajet jusque chez moi.

11

Je me prépare
à passer au bistouri

Le 15 décembre 1996, je suis retournée dans mon appartement de Winchester. Il me restait alors moins de deux semaines pour me préparer à mon intervention chirurgicale. J'occupais l'étage d'une maison divisée en deux logements. Je me suis assise au bas des marches en soulevant mes fesses pour me hisser de l'une à l'autre. (Non, ce n'est pas ce que m'avait conseillé mon kinésithérapeute !) Arrivée au sommet de l'escalier, je me suis sentie épuisée. Je ne désirais plus qu'une chose : dormir. Enfin, me voilà chez moi ! Libre de me blottir dans ma tanière et d'hiberner sans avoir à redouter d'intrusions du monde extérieur. Je n'aspirais plus qu'au calme qui seul me permettrait de me rétablir. Je me suis effondrée sur mon lit à eau où j'ai perdu connaissance.

J'ai eu une chance incroyable de me retrouver entre les mains de G.G. Quand on lui pose la question, elle répond qu'elle n'avait pas la moindre idée de la manière dont il fallait procéder, elle a tout bonnement laissé les choses se mettre en place petit à petit. Elle comprenait intuitivement que, pour parvenir de A à C, il fallait passer par l'intermédiaire du B. En un sens, je me retrouvais pourvue d'un cerveau de nouveau-né m'obligeant à repartir de zéro ; à réapprendre à marcher, parler, lire, écrire ou encore assembler un puzzle. Ma guérison a suivi un processus tout à fait normal de développement. J'ai dû franchir une étape à la fois, maîtriser chaque nouvelle aptitude avant de me confronter à la suivante. Il a fallu que je parvienne à me balancer puis à redresser le haut de mon corps avant de m'asseoir. Que j'apprenne à m'asseoir et à me pencher vers l'avant par petits mouvements saccadés avant de trouver la force de me mettre debout. Que je conçoive un moyen de me lever avant de placer un pied devant l'autre. Et que je trouve mon équilibre avant de gravir une volée de marches.

Il fallait surtout que j'accepte de tenter le coup. Là résidait la clé du succès ! « Tenter le coup » revenait à dire à mon cerveau : Hé ! J'attache de l'importance à telle aptitude. Il faut à tout prix que je la récupère ! J'allais peut-être devoir m'exercer des milliers de fois en vain avant d'entrevoir un début de résultat, mais si je n'essayais pas, il ne se passerait jamais rien.

G.G. m'a réappris à marcher en me conduisant de mon lit à la salle de bains et vice versa. La première fois, cela m'a suffi en guise d'exercice physique pour la journée ! Je suis aussitôt partie me coucher pour ne me réveiller que six heures plus tard. Au début, je dormais beaucoup et je dépensais une énergie folle rien que pour me rendre à la salle de bains ou pour me nourrir. Ma maman me câlinait ensuite avant que je retourne au lit jusqu'à la prochaine tentative. Dès que j'ai retrouvé seule le chemin de la salle de bains, je me suis fixé pour objectif le canapé du salon où je me suis assise pour manger. Apprendre à me servir d'une cuillère m'a réclamé de gros efforts.

L'une des clés de mon rétablissement a été l'extrême patience dont G.G. et moi avons toutes deux fait preuve. Aucune de nous ne se lamentait sur mes échecs ; au contraire, nous nous félicitions du moindre de mes progrès. Ma mère a toujours aimé répéter, en cas de coup dur : « Ça pourrait être pire ! » Nous tombions d'accord là-dessus : ma situation semblait plutôt déplorable à première vue, mais elle aurait pu être bien pire. Il faut dire aussi que G.G. a vraiment été merveilleuse. Je suis la benjamine de la famille, or ma mère ne disposait pas d'une minute à elle pendant mon enfance. J'ai beaucoup apprécié de la voir prendre soin de moi alors que je dépendais entièrement d'une aide extérieure. G.G. n'a jamais baissé les bras. Jamais non plus elle n'a élevé la voix ni ne m'a adressé de reproches. Je souffrais et elle l'a parfaitement compris. Elle m'a manifesté sa gentillesse et sa chaleureuse affection sans se soucier si je « pigeais » ou pas. Ma guérison nous préoccupait autant l'une que l'autre. À chaque instant naissait un nouvel espoir, et de nouvelles possibilités s'offraient à moi.

Pour nous remonter le moral, maman et moi insistions sur mes avancées. G.G. me rappelait mes progrès d'une journée à l'autre. Elle pressentait d'instinct quelles tâches seraient à ma portée et quels obstacles s'opposeraient à ma guérison. Nous avons fêté chacune de mes réussites. Maman m'aidait à définir mes priorités et ce qui m'empêchait encore de les atteindre. Elle me maintenait sur la bonne voie en prêtant une attention soutenue à mon évolution. Beaucoup de victimes d'un AVC se plaignent de ne pas recouvrer autant de facultés qu'elles le souhaiteraient. Je me demande souvent si le problème ne vient pas plutôt du fait que personne ne remarque leurs progrès. Si l'on ne pose pas clairement la limite entre ce dont on est capable et le reste, alors on ne sait plus quoi tenter ! Le manque d'espoir reste à mon sens le principal frein à la guérison.

Maman s'est aménagé une chambre dans mon salon : elle y dormait sur un matelas gonflable à même le sol. Elle s'est chargée de tout : remplir le frigo, répondre au téléphone et même régler mes factures. Elle m'a témoigné une infinie bienveillance en me laissant dormir tout mon soûl. Nous estimions l'une comme l'autre qu'il valait mieux se fier à mon cerveau : lui, au moins, savait ce qui faciliterait son rétablissement. Autant respecter mon rythme ! (Du moins tant que mon besoin de sommeil ne s'avérait pas d'origine dépressive.)

Mon cerveau n'a pas tardé à se ménager une routine : je dormais six heures d'affilée avant de rester en éveil une vingtaine de minutes. En général, la durée d'un cycle de sommeil varie de quatre-vingt-dix à cent dix minutes. Si un bruit quelconque interrompait l'un de mes cycles avant son terme, il fallait que je me rendorme au plus vite sous peine de souffrir de violents maux de tête qui me rendaient d'humeur chagrine en m'empêchant de me concentrer. Je préservais la qualité de mon sommeil à l'aide de boules Quies. Pendant ce temps, G.G. n'allumait la télé qu'en sourdine.

Au bout de quelques jours essentiellement passés à dormir, mes réserves d'énergie se sont reconstituées en me permettant de rester plus longtemps éveillée. À sa manière, maman a joué avec moi au petit chef : il n'y avait pas de temps à perdre ! Dès mon réveil, mon esprit se comportait comme un buvard prêt à tout absorber. Quand maman ne me remettait pas une chose ou une autre en main pour que j'apprenne à m'en servir, elle me demandait un peu d'exercice physique. Une irrésistible envie de m'assoupir indiquait que mon cerveau venait de travailler au maximum de ses capacités. Dans ce cas, mieux valait que j'aille me coucher, le temps que mon esprit se repose.

Apprendre à me débrouiller au quotidien en retrouvant l'accès à ma mémoire a été un vrai plaisir et c'est à G.G. que je le dois. Maman s'est très vite aperçue que cela ne servait à rien de me poser des questions fermées si elle tenait à savoir ce que je pensais vraiment. Il m'était trop facile de faire l'impasse sur un point qui ne m'intéressait pas et de la mener en bateau. Pour s'assurer que je lui accordais mon attention et que je réfléchissais pour de bon, elle ne me posait que des questions ouvertes. « Pour déjeuner, tu veux du minestrone... », commençait-elle ; et je cherchais alors à quoi pouvait bien ressembler du minestrone. Dès que je me le représentais à peu près, G.G. me proposait autre chose. « Ou tu aimes mieux un sandwich au fromage ? » Là encore, je fouillais ma mémoire en quête de la notion de sandwich au fromage. Quand une image me venait en tête, maman poursuivait. « À moins que tu ne préfères une salade de thon ? » Le mot « thon » me laissait perplexe : il n'éveillait en moi aucun écho. « Du thon ? Qu'est-ce que c'est ? » ai-je voulu savoir. Maman m'a expliqué. « C'est un poisson à la chair blanche qu'on pêche en haute mer et qu'on mélange à de l'oignon et du céleri assaisonné de mayonnaise. » Comme le concept de salade de thon ne m'évoquait rien du tout, mon choix s'est porté sur cette dernière proposition. Voilà comment nous procédions : quand je ne retrouvais plus l'accès à un « dossier » de mon cerveau, nous mettions un point d'honneur à en créer un nouveau.

Le téléphone sonnait sans interruption. G.G. s'est démenée pour maintenir mes proches au courant de mes progrès quotidiens. Il était important pour elle de discuter de mon évolution avec d'autres personnes. Son enthousiasme communicatif m'a beaucoup aidée en me redonnant sans cesse du courage. Elle racontait à la famille et aux amis des anecdotes qui illustraient mes avancées jour après jour. Il m'arrivait de recevoir de la visite mais G.G. n'a pas tardé à remarquer que cela m'épuisait en me désintéressant du moindre effort. G.G. a donné la priorité à ma guérison : elle a monté la garde à ma porte en limitant le temps que je consacrais à mon entourage. La télé aussi laissait mes batteries à plat. Depuis qu'il me fallait lire sur les lèvres, je ne parvenais plus à communiquer par téléphone. G.G. et moi avons pris soin de respecter les besoins de mon organisme en vue de mon rétablissement.

G.G. a pressenti qu'il fallait me soigner en stimulant mes connexions neuronales le plus rapidement possible. La plupart de mes neurones souffraient d'un traumatisme mais mon hémorragie n'avait détruit qu'un très petit nombre d'entre eux. En principe, je ne devais pas me rendre chez l'orthophoniste ou le kinésithérapeute avant l'intervention ni au cours des quelques semaines qui suivraient. En attendant, je ne demandais pourtant qu'à apprendre ! Les neurones se développent en formant entre eux des réseaux complexes alors que, seuls dans leur coin sans la moindre stimulation, ils finissent par dépérir. G.G. et moi voulions à tout prix que mon cerveau récupère : nous avons donc profité de mon moindre regain d'énergie sans perdre un instant.

Mon ami Steve est l'heureux père de deux petites filles. Il m'a prêté quelques-uns de leurs livres et de leurs jouets (notamment des puzzles). G.G. disposait ainsi d'une gamme complète d'activités éducatives adaptées à chaque âge. Très vite, ma mère a décrété qu'à partir du moment où je ne dormais plus, il fallait m'atteler à une tâche, quelle qu'elle soit.

Les efforts intellectuels me réclamaient autant d'énergie que les activités physiques. Nous avons donc dû définir un équilibre entre les uns et les autres en vue de mon complet rétablissement. Dès que j'ai pu me déplacer chez moi avec son aide, G.G. m'a proposé une « visite guidée » de ma vie en commençant par mon atelier d'art où je réalisais autrefois des vitraux. Quand j'ai vu tous ces morceaux de verre coloré absolument magnifiques, je n'en ai pas cru mes yeux ! Ainsi, j'étais une artiste ! Puis ma maman m'a emmenée dans ma salle de musique. J'ai pincé les cordes de ma guitare et de mon violoncelle, émerveillée. C'est à ce moment-là que l'envie m'est vraiment venue de guérir.

Rouvrir les dossiers de ma mémoire n'a pas été une mince affaire. Je me demandais vraiment comment retrouver l'accès aux rangées de classeurs à l'intérieur de mon cerveau où se trouvaient consignées les particularités de mon existence. Leur contenu ne s'était pas volatilisé : il fallait seulement que je trouve le moyen de mettre la main dessus. Mon hémorragie remontait à plus d'une semaine mais le caillot de sang de la taille d'une balle de golf dans mon cerveau empêchait encore mes neurones de fonctionner normalement. Les instants, riches de sensations, m'apparaissaient isolés les uns des autres. Ils se succédaient en un clin d'œil en ne me laissant plus qu'une vague idée du passé ; une impression nébuleuse qui ne tardait pas à s'estomper.

Un beau matin, G.G. m'a estimée prête à m'attaquer à un puzzle pour enfants. Elle m'a remis la boîte en me priant de bien regarder l'image qui y figurait. Puis elle m'a aidée à l'ouvrir en soulevant le couvercle et a placé un plateau sur mes genoux pour que j'y dispose les pièces. Je manquais de force dans les doigts, et donc d'habileté manuelle. Voilà par conséquent un formidable défi à relever ! Heureusement, je me débrouillais plutôt bien quand il s'agissait de singer les gestes de quelqu'un.

G.G. m'a expliqué que les pièces du puzzle devaient s'emboîter pour reproduire l'image sur le couvercle. Elle m'a demandé de les disposer toutes du bon côté. « C'est quoi, le bon côté ? » lui ai-je demandé. Elle s'est emparée d'un morceau du puzzle et m'a expliqué comment distinguer le dessus du dessous. Dès que j'ai saisi la différence, j'ai entrepris d'examiner chaque pièce l'une après l'autre. Au bout d'un certain temps, les douze se sont toutes retrouvées du bon côté. Fantastique ! Quelle réussite ! Ce ne fut pas simple pour moi de mener à bien une telle tâche, pourtant facile en apparence. La concentration nécessaire m'a épuisée. Et pourtant, je brûlais d'envie de continuer !

G.G. m'a ensuite confié pour mission d'isoler les morceaux au bord rectiligne. « Qu'est-ce qu'un bord rectiligne ? » lui ai-je demandé. Sans s'impatienter, elle a pris une ou deux pièces au bord droit en attirant mon attention dessus. J'ai alors regroupé les morceaux qui composaient le tour de l'image, ce qui m'a procuré un sentiment flatteur d'accomplissement, en me laissant par ailleurs à bout de forces.

Là-dessus, G.G. m'a dit : « Je veux que tu emboîtes les pièces qui forment le centre de l'image dans celles du tour. Tu remarqueras que toutes n'ont pas la même forme. » Ma main droite manquait tellement de vigueur qu'il me fallait un gros effort rien que pour soulever les morceaux le temps de les comparer. Maman, qui m'observait de près, a remarqué que je tentais d'assembler des pièces dont les dessins indiquaient pourtant qu'elles ne s'emboîteraient jamais. Soucieuse de me venir en aide, G.G. a précisé : « Les couleurs te donneront un indice. » J'ai pensé : couleurs, couleurs. Et là, comme si une ampoule venait de s'allumer dans ma tête, tout d'un coup, j'ai distingué les couleurs ! Tiens ! me suis-je alors dit. Ce sera beaucoup plus facile, maintenant !

Mais à ce moment-là, je tombais déjà de fatigue au point que j'ai dû retourner me coucher. Le lendemain, je suis revenue au puzzle dont j'ai assemblé les morceaux en me basant sur leurs couleurs. Chaque jour, maman et moi nous félicitions de me voir réussir là où j'avais échoué la veille.

Aujourd'hui encore, je n'en reviens pas de ne pas avoir distingué les couleurs avant que ma mère m'incite à les prendre en compte. Qui aurait cru qu'il fallait attirer l'attention de mon hémisphère gauche sur les couleurs pour qu'il les remarque ? Il m'est arrivé la même chose à propos de la perspective. G.G. a dû m'expliquer que les éléments de mon entourage se trouvaient sur différents plans plus ou moins éloignés de moi, qu'un objet placé devant un autre le masquait en partie et qu'il me revenait de deviner la forme de ce que je ne distinguais pas entièrement.

Au bout d'une semaine chez moi, je me déplaçais déjà sans peine d'une pièce à l'autre et ne demandais pas mieux qu'un peu d'exercice pour retrouver mes forces. La vaisselle a toujours compté parmi les corvées domestiques qui me pèsent le moins. Le récurage des casseroles sales m'a beaucoup aidée à progresser. Cela n'allait pas de soi pour moi de rester en équilibre devant l'évier en maniant des assiettes susceptibles de se casser, sans parler des dangereux couteaux à la lame aiguisée ! Qui aurait cependant cru que disposer des couverts dans l'égouttoir mettait en jeu une forme de calcul mental ? Seuls les neurones qui me permettaient de comprendre un langage mathématique ont été détruits pour de bon le matin de mon AVC. (Par une curieuse ironie du sort, ma mère a passé toute sa carrière à enseigner les mathématiques !) Je nettoyais tant bien que mal les assiettes mais quant à trouver le moyen de les faire toutes tenir dans mon minuscule égouttoir...

C'était une autre paire de manches ! Il m'a fallu près d'un an pour y parvenir.

J'adorais relever mon courrier dans ma boîte aux lettres. En l'espace de six semaines, j'ai reçu plusieurs centaines de cartes me souhaitant un prompt rétablissement. Je n'arrivais pas à déchiffrer ce qui y était écrit mais cela ne m'empêchait pas de m'installer sur le matelas gonflable de G.G. pour contempler les images au recto en me sentant émue par la sincère affection que me témoignaient mes correspondants. G.G. me lisait les cartes l'après-midi avant de les punaiser dans mon appartement, sur les portes, les murs et jusque dans la salle de bains. Quel bonheur qu'un si grand nombre de personnes m'écrivent en substance : « Dr Jill, vous ne me connaissez pas mais je vous ai vue à Phoenix à la conférence de la NAMI. Revenez-nous vite ! Nous vous aimons tant ! Ce que vous faites compte tellement à nos yeux ! » Chaque jour m'apportait une émouvante confirmation de ce que j'étais avant mon AVC. Il me semble hors de doute que seul un soutien aussi inconditionnel m'a donné le courage de surmonter les obstacles à ma guérison. Je garde une reconnaissance éternelle à mes amis et à ma deuxième famille de la NAMI ; à tous ceux qui m'ont tendu la main sans cesser un instant de croire en moi.

Le plus difficile pour moi, et de loin, a été de réapprendre à lire. Je ne sais si les cellules de mon cerveau qui m'en rendaient autrefois capable avaient péri ou pas mais je ne me souvenais même plus d'avoir su lire par le passé. La notion même de lecture me semblait ridicule et d'une complexité telle qu'il me paraissait inconcevable qu'une idée pareille eût pu germer un jour, et que quelqu'un se soit déjà donné la peine de lire. En dépit de son extrême gentillesse, G.G. n'a pas voulu en démordre : je devais absolument réapprendre à lire. Elle m'a remis en main un album intitulé *Le Chiot qui voulait un petit garçon* et m'a fixé l'objectif le plus difficile que je pouvais imaginer : attacher un sens à un mot écrit. En vertu de quoi une femme aussi sensée que G.G. se figurait-elle que les gribouillis sur la page possédaient la moindre signification ? Je me souviens qu'elle m'a montré un S en me disant : « C'est un S. » Je lui ai répondu : « Non, maman, c'est un gribouillis en forme de vague. » Elle n'a pas voulu céder : « Ce gribouillis en forme de vague, comme tu dis, est un S. Il se prononce *esse*. » J'ai cru qu'elle perdait la tête ! Un gribouillis n'est rien d'autre qu'un gribouillis. Il ne correspond à aucun son.

Mon cerveau a encore buté un certain temps sur la lecture. Je peinais à rester concentrée sur une tâche aussi ardue. La moindre réflexion abstraite dépassait à ce moment-là mes compétences. Il m'a fallu beaucoup de temps et d'encouragements pour déchiffrer enfin un texte. J'ai d'abord dû comprendre que chaque gribouillis portait un nom, qu'un son lui était associé, et que des combinaisons de gribouillis, autrement dit, de lettres, correspondaient à certains phonèmes en formant ensemble des mots pourvus d'un sens. Mince alors ! Mesurez-vous un peu l'ampleur de la tâche, pourtant simple à souhait en apparence, que votre cerveau accomplit en ce moment même alors que vous lisez mon livre ?

J'ai dû me battre pour réapprendre à lire mais pas un jour ne s'est écoulé sans que je progresse. Quand j'ai enfin réussi à déchiffrer les mots en les prononçant à haute voix, nous avons fêté l'événement, même si je ne me rappelais toujours pas leur sens. Je comprenais un peu mieux à chaque fois l'histoire que racontait l'album ; ce qui nous incitait, G.G. et moi, à poursuivre nos efforts.

Il a fallu ensuite que j'associe un sens aux ensembles de sons que formaient les mots. Ce fut d'autant plus difficile que je peinais à me rappeler mon vocabulaire. Le caillot de sang dans mon cerveau compressait les fibres qui reliaient mes deux centres du langage de sorte qu'aucun d'eux ne fonctionnait correctement. L'aire de Broca dans la région frontale éprouvait des difficultés à produire des sons tandis que l'aire de Wernicke confondait les mots les uns avec les autres. Je ne parvenais pas toujours à exprimer ma pensée. Il m'arrivait de vouloir un verre d'eau, en me figurant mentalement un verre d'eau, mais de réclamer du lait. Il pouvait sembler plus commode à mon interlocuteur de me reprendre. Pourtant il ne fallait surtout pas terminer mes phrases à ma place ni me souffler ce que je voulais dire. Avant de m'exprimer de nouveau librement, je devais réactiver à mon rythme les réseaux de neurones qui m'en donneraient les moyens.

De jour en jour, j'ai repris des forces qui m'ont permis de gagner en endurance. Ma première sortie en compagnie de G.G. a été pour moi une expérience fascinante. Il a fallu qu'elle m'explique que les rainures entre les plaques de ciment sur le trottoir ne correspondaient à aucune délimitation significative. Rien ne m'interdisait de poser le pied dessus. Si G.G. ne me l'avait pas précisé, je ne l'aurais jamais deviné. Elle a dû m'indiquer ensuite que le bord du trottoir marquait la limite, essentielle, celle-là, entre le ciment et l'herbe. Si je n'y prenais pas garde, je risquais de me tordre la cheville. Là encore, je l'ignorais et ne m'en serais jamais doutée. Il a fallu aussi que G.G. me montre que la texture du ciment se différenciait de celle de l'herbe mais que je pouvais tout à fait marcher dessus tant que je prenais garde à ne pas perdre l'équilibre. G.G. m'a incitée à m'avancer dans la neige en me tenant la main au cas où je glisserais sur une plaque de verglas. Avant de prendre un peu d'exercice dehors, je devais repérer les dangers que recelaient les différents types de sols. G.G. n'arrêtait pas de me rappeler : « Que fait un bébé, quand on lui donne un objet ? Eh bien, il le porte à sa bouche ! » Moi aussi, je devais entrer en contact avec le monde extérieur. Ma mère a été pour moi un excellent professeur.

L'intervention chirurgicale risquait de m'affaiblir. Je devais donc m'y préparer physiquement. Mon hémorragie cérébrale m'avait privée de mon entrain coutumier. Depuis, mon corps me semblait tout le temps mou, inerte. Comme si un rideau de gaze me tenait à l'écart de la réalité. Le Dr Young prétendait qu'en ôtant le caillot de sang de mon cerveau, le chirurgien modifierait ma perception de mon corps en lui redonnant un peu de pep. Peu importerait dans ce cas que je guérisse ou pas ! Je trouverais en moi la force de me contenter de ma condition.

Mon appartement se situait le long d'une rue passante de Winchester, dans le Massachusetts. L'arrière du bâtiment donnait sur un complexe résidentiel pour personnes âgées. La voie qui y menait formait une boucle où G.G. m'emmenait prendre de l'exercice. Je ne suis pas allée bien loin, au début, mais, à force de persévérance, j'ai fini par longer la boucle entière, et parfois même par recommencer aussitôt, quand le temps le permettait.

Les jours de grand froid où il neigeait, G.G. me conduisait à la supérette du coin pour me dégourdir les jambes. Elle s'occupait des courses pendant que je longeais les rayons. Il m'était pénible de me retrouver là pour plusieurs raisons. D'abord, l'intensité de l'éclairage au néon m'obligeait à baisser les yeux en permanence. G.G. m'a proposé des lunettes de soleil mais les verres teintés ne m'aidaient pas beaucoup compte tenu de la taille de la supérette. En plus, la quantité d'inscriptions qui figuraient sur les emballages équivalait pour moi à un véritable bombardement de stimuli visuels. Enfin, cela me coûtait de me retrouver face à des inconnus. Les clients de la supérette comprenaient tout de suite à la fixité de mes traits que ça ne tournait pas rond dans ma tête. Je me déplaçais beaucoup plus lentement qu'eux. Du coup, la plupart me bousculaient. Certains même grommelaient d'un air méprisant sur mon passage. J'avais du mal à ne pas me laisser atteindre par tant d'hostilité. De temps à autre, une âme charitable me proposait tout de même son aide ou m'adressait un sourire. En résumé, cela m'intimidait de me confronter à un environnement bourdonnant d'activité.

J'ai réappris à gérer le quotidien en accompagnant G.G. chaque fois qu'il lui fallait se charger d'une corvée ou d'une autre. Dès que mes forces me l'ont permis, je l'ai suivie partout comme une ombre (ou comme un bébé caneton sa maman cane). Qui aurait cru qu'un passage à la laverie automatique me fournirait un excellent exercice de rééducation ? Après avoir séparé chez moi le blanc des couleurs, nous avons entassé mon linge sale dans des sacs que nous avons ensuite vidés dans les machines de la laverie. G.G. m'a remis trois pièces de cinq, dix et vingt-cinq cents. Je ne comprenais pas encore le principe de la monnaie : voilà une occasion d'apprendre ! Compte tenu du dépérissement des neurones qui me permettaient jusque-là de manier des concepts mathématiques, ma tentative de saisir une notion aussi abstraite que celle de monnaie a vite tourné court. Quand G.G. m'a demandé : « Combien font un plus un ? », j'ai réfléchi un moment en silence avant de lui répondre : « C'est quoi, un ? » Je ne comprenais rien aux chiffres, et encore moins à la notion d'argent.

Au final, je me suis contentée de singer le comportement de G.G. Les machines à laver ont toutes terminé leur cycle en même temps et j'ai soudain dû m'occuper d'une foule de choses à la fois. D'abord vider les tambours et, avant de mettre le linge à sécher, séparer les lainages du coton. G.G. en a profité pour m'exposer sa stratégie. Vu le peu d'énergie qu'il me restait à ce moment-là, le finale des séchoirs dépassait de loin mes capacités ! Impossible dans mon état d'exécuter le « rituel du séchoir », qui consiste à sortir les habits secs du tambour en refermant la porte assez vite pour ne pas interrompre sa rotation. Me voilà perdue, déboussolée ! Il ne me restait plus qu'une envie : me blottir au fond de mon terrier pour y lécher mes plaies. Qui aurait cru une laverie susceptible de déclencher un tel mouvement de panique ?

G.G. a invité mon amie Kelly à se joindre à nous le jour de Noël, qui approchait alors à grands pas. Ensemble, nous avons décoré mon appartement. Le 24 décembre, nous avons acheté un petit sapin et le lendemain, nous sommes sorties dîner dans une brasserie du quartier. Ce fut le Noël le plus simple et, en même temps, le plus riche en émotions que G.G. et moi ayons passé en compagnie l'une de l'autre. J'avais survécu et je récupérais peu à peu, et c'était tout ce qui comptait.

Le 25 décembre a été un jour de fête. Le surlendemain, en revanche, je devais me rendre à l'hôpital du Massachussetts où l'on m'ouvrirait le crâne. Deux choses me tenaient à cœur avant de passer au bistouri. La première : remercier les centaines de personnes qui m'avaient assurée de leur soutien par des cartes ou même des bouquets de fleurs. Je voulais les informer que j'allais bien, que je leur savais gré de leur témoignage d'affection et que je les encourageais à prier pour moi. D'un bout à l'autre des

États-Unis, des catholiques aussi bien que des protestants m'ont mentionnée dans leurs intentions de prières. Je me sentais l'objet d'un amour fou et je tenais à exprimer ma gratitude tant que l'état de mon cerveau me le permettait encore.

L'intervention comportait en effet un risque : celui de me contraindre à renoncer au peu de mots dont je me souvenais à grand-peine, mais surtout à la possibilité même de m'exprimer de nouveau couramment un jour. Le caillot de sang de la taille d'une balle de golf à l'intérieur de mon hémisphère gauche touchait aux fibres qui reliaient mes centres du langage. Il ne fallait donc pas exclure la possibilité que le chirurgien les excise sans le vouloir au cours de l'intervention. Si jamais il m'ôtait des tissus cérébraux sains en plus de mes vaisseaux éclatés, je ne parviendrais plus jamais à parler. Je me trouvais si bien engagée sur la voie de la guérison que la simple éventualité d'un tel revers me donnait froid dans le dos. Au fond de mon cœur, je savais cependant que, peu importe ce qui arriverait, que je recouvre ma faculté de m'exprimer ou pas, je resterais la même : il me suffirait de repartir de zéro.

J'avais beau buter contre la lecture et l'écriture (je ne parvenais qu'à grand-peine à me servir de ma main droite, commandée par l'hémisphère gauche), rien ne m'empêchait de m'installer à mon ordinateur pour y taper un message (en sollicitant mes deux hémisphères à la fois). Il m'a fallu un long moment pour retrouver l'emplacement de chaque touche mais, Dieu sait par quel miracle, j'y suis arrivée quand même ! Le plus curieux, c'est que je ne parvenais pas à lire le texte à l'écran ! G.G. s'est chargée de le corriger avant de l'envoyer le soir de mon intervention chirurgicale, accompagné d'une note manuscrite. Depuis ma guérison, j'ai entendu parler de nombreuses victimes d'un AVC qui, bien qu'incapables de parler (en raison d'une lésion à l'hémisphère gauche), signent encore leur nom (en sollicitant leurs deux hémisphères à la fois). La résilience du cerveau et l'infinité de ressources sur lesquelles il s'appuie pour communiquer n'ont décidément pas fini de m'émerveiller !

Jour après jour, j'ai tâché de reprendre des forces afin de supporter le choc, certes calculé, de l'intervention chirurgicale. Une chose me tenait encore à cœur avant de passer au scalpel. J'habitais à cinq minutes du Fellsway, un magnifique parc boisé parsemé de petits lacs comme on en trouve en montagne. Souvent, en sortant de mon travail, je me détendais en longeant les sentiers entre les pins, où je croisais rarement âme qui vive. Là-bas, je chantais et dansais, et je priais aussi, parfois. En somme, il s'agissait pour moi d'un lieu magique et sacré où je me régénérais en communiant avec la nature.

Avant mon intervention, je voulais à tout prix grimper au sommet d'une colline en pente raide et glissante au cœur du parc avant de tendre les bras sous la brise au sommet des rochers, le temps de régénérer mes forces vitales. La veille de l'opération, en compagnie de Kelly à mes côtés pour me soutenir, j'ai réalisé mon rêve en escaladant la colline à mon rythme. Perchée sur les rochers, d'où je distinguais les lumières de Boston, je me suis balancée sous le vent en inspirant l'air frais à pleins poumons. Peu importe ce qui se passerait à l'hôpital le lendemain, des milliers de milliards de cellules en parfaite santé donnaient à mon organisme la force de vivre. Pour la première fois depuis mon AVC, je me suis sentie en mesure de subir une craniotomie.

12

Ma craniotomie stéréotaxique

À 6 heures du matin, le 27 décembre 1996, flanquée de G.G. à ma droite et de Kelly à ma gauche,
j'ai franchi le seuil de l'hôpital du Massachussetts
pour que l'on m'y ouvre le crâne. Quand je songe
aujourd'hui à la signification du mot courage, je me
souviens de ce matin-là.

Je portais mes cheveux longs (naturellement
blonds) depuis ma plus tendre enfance. Je me rappelle avoir dit en substance au Dr Ogilvy juste avant
qu'on ne m'injecte l'anesthésique : « Hé ! Je suis
encore célibataire à trente-sept ans ; s'il vous plaît,
ne me laissez pas le crâne trop dégarni ! » Là-dessus,
j'ai perdu connaissance.

La durée de l'intervention, interminable, a mis
G.G. et Kelly au supplice. L'après-midi touchait à sa
fin quand on les a enfin prévenues de mon admission
en salle de réveil. Je me suis tout de suite sentie
différente en reprenant mes esprits. Me voilà de nouveau pleine de joie de vivre et d'entrain ! Depuis mon
AVC, je n'éprouvais que peu d'émotions. Je me
contentais d'observer ce qui se passait autour de moi
sans vraiment me sentir concernée. Mon enthousiasme de petite fille me manquait et cela m'a soulagée de me sentir de nouveau moi-même. Peu
importe ce que me réserverait l'avenir : je m'en

accommoderais de bon cœur. Tout irait bien désormais !

Peu après mon réveil, je me suis aperçue que l'on venait de raser un tiers de ma chevelure du côté gauche. Un énorme morceau de gaze stérile couvrait une cicatrice d'une vingtaine de centimètres en forme de U à l'envers autour de mon oreille. Quelle délicate attention, de la part du chirurgien, de m'avoir laissé la moitié (droite) de mes cheveux ! Quand G.G. m'a rejointe à mon chevet, elle s'est tout de suite écriée : « Dis-moi quelque chose ! » Elle craignait que le chirurgien n'ait excisé mes centres du langage en me rendant muette. Je lui ai parlé doucement. Nous avons alors fondu en larmes, toutes les deux ! L'intervention se concluait par un franc succès.

Après l'opération, je suis restée encore cinq jours à l'hôpital. Les premières quarante-huit heures, j'ai supplié qu'on presse des poches de glace contre mon crâne. Je ne sais pas pourquoi, mon cerveau me paraissait en feu ! La glace atténuait la « surchauffe » en m'aidant à trouver le sommeil.

Ma dernière soirée à l'hôpital a coïncidé avec la veille du jour de l'an. Au milieu de la nuit, je me suis postée à la fenêtre pour contempler, seule, les lumières de la ville. Je me demandais ce que l'année à venir me réserverait. J'ai médité sur l'ironie de mon sort : une neuro-anatomiste spécialiste du cerveau victime d'un AVC ! Je me suis félicitée des leçons tirées de ma récente expérience. Quelle émotion, tout de même, de me dire que je venais de réchapper à un AVC !

13

Ce qui m'a paru
le plus essentiel

Vous trouverez en appendice une liste de « recomman-dations en vue de la guérison » résumant les conseils que voici sur le moyen d'évaluer les facultés d'une victime d'AVC et de contribuer à son rétablissement.

Ma guérison a résulté d'une décision qu'il m'a fallu renouveler des milliers de fois au quotidien. Me sentais-je vraiment prête à tenter le coup ? À renoncer à ma félicité extatique pour tenter de comprendre le monde extérieur en établissant avec lui de nouvelles relations ? Et, surtout, à endurer les affres d'un lent rétablissement ? Je discernais sans peine ce qui m'apportait du plaisir de ce qui engendrait en moi de la souffrance. M'ébattre dans le monde enchanté de mon hémisphère droit déconnecté du réel me semblait une perspective alléchante ! À l'inverse, réactiver les facultés analytiques de mon hémisphère gauche me réclamerait bien des efforts. « Tenter le coup » n'allait pas de soi pour moi. D'où l'importance cruciale de me retrouver entre les mains de personnes compétentes et attentives. Dans le cas contraire, je n'aurais sans doute pas pris la peine de chercher à m'en sortir.

Si je devais opter pour le chaos d'une éventuelle remise sur pied au détriment de la divine quiétude qui découlait de la mise en veilleuse des jugements de mon hémisphère gauche, il valait mieux ne pas me demander « Pourquoi faudrait-il que je redevienne comme avant ? » mais plutôt « Pourquoi me suis-je retrouvée dans un tel état ? ». Je considère mon expérience comme une véritable bénédiction dans la mesure où elle m'a permis de comprendre que la paix intérieure est accessible à n'importe qui, n'importe quand. Je reste persuadée qu'il est possible d'atteindre le nirvana grâce à notre hémisphère droit, et de nous y réfugier chaque fois que nous le souhaitons. Quel n'a pas été mon enthousiasme quand j'ai mesuré ce que je pourrais apporter aux autres en guérissant, et pas seulement aux victimes d'un traumatisme cérébral : à tous ceux qui sont dotés d'un cerveau ! Imaginer le monde rempli de gens heureux et en paix m'a convaincue d'endurer les souffrances qui ne manqueraient pas d'accompagner ma remise sur pied. Si mon odyssée intérieure m'a appris une chose, c'est que la quiétude est à notre portée ; il nous suffit, pour y parvenir, de faire taire la voix de notre hémisphère gauche dominant.

La guérison (peu importe ce que l'on entend au juste par ce terme) ne résulte pas d'une démarche solitaire. Mon entourage a beaucoup influé sur mon rétablissement. **La conviction de mes proches que je finirais un jour ou l'autre par me rétablir m'a été essentielle.** Peu importe si cela me prendrait trois mois, deux ans ou une vie entière, mon entourage ne devait jamais cesser de croire en ma capacité à réapprendre. Le cerveau est un fabuleux organe en constante évolution. La moindre stimulation lui profite et il parviendra à recouvrer ses facultés pour peu qu'on lui accorde un temps de repos suffisant.

134

J'ai entendu des médecins affirmer que l'on pouvait dire adieu aux facultés qui ne revenaient pas au bout de six mois. Croyez-moi : c'est faux. J'ai remarqué des améliorations significatives du fonctionnement de mon cerveau pendant les huit années qui ont suivi mon hémorragie. Au bout de ces huit ans, j'ai jugé mon rétablissement complet. Aucun scientifique qui se respecte n'ignore l'incroyable capacité du cerveau à modifier ses connexions neuronales en fonction des stimuli qui lui parviennent. C'est la « plasticité » de notre cerveau qui le rend apte à recouvrer des facultés perdues.

Je me représente le cerveau comme un terrain de jeu fourmillant d'enfants qui ne demandent qu'à vous faire plaisir et à vous rendre heureux. Un groupe de petits joue au ballon, un autre se balance à un portique et un autre encore s'amuse dans le bac à sable. Chacun d'eux pratique une activité différente et cependant en partie similaire ; un peu comme les diverses cellules de l'encéphale. Si l'on supprime le portique, ceux qui s'y amusaient ne vont pas disparaître comme par enchantement mais se mêler aux autres enfants en les imitant. Les neurones se comportent de la même façon. Si l'on empêche un neurone de tenir le rôle auquel l'appelle son patrimoine génétique, soit il dépérira par manque de stimulation, soit il se rabattra sur une autre fonction. Prenons l'exemple de la vue : si l'on se cache un œil en empêchant les stimuli de parvenir au cortex visuel, les neurones qui l'occupent se lieront aux cellules adjacentes en contribuant à leur mission. **Mon entourage devait garder foi en la plasticité de mon cerveau et en sa possibilité de se développer, d'apprendre et de guérir.**

Je ne soulignerai jamais assez l'importance du sommeil du point de vue de la guérison. Je reste convaincue que seul le cerveau sait réellement ce qu'il lui faut pour se rétablir. Comme je l'ai écrit plus haut, le sommeil correspondait pour mon cerveau à un « temps de classement ». À l'état de veille, une multitude de stimuli assaillaient mes sens. Leur analyse me réclamait une énergie folle. Les photons qui parvenaient à mes cellules rétiniennes me brûlaient les yeux et les ondes qui heurtaient mes tympans me laissaient une impression de chaos sonore. Mes neurones supportaient mal une telle quantité de sollicitations. Ils n'ont bientôt plus été capables de traiter les données relatives à mon environnement, dont l'analyse nécessitait beaucoup trop d'énergie. **Mon cerveau devait se protéger en s'isolant des stimuli éreintants qu'il percevait comme une nuisance.**

Pendant des années, mes systèmes sensoriels ont souffert le martyre dès que je négligeais le besoin de sommeil de mon cerveau (ce qui m'épuisait, d'ailleurs, physiquement et mentalement). Je reste persuadée que, soumise à l'emploi du temps du personnel soignant d'un centre de réhabilitation lambda où l'on m'aurait obligée à rester devant la télé sous Ritaline, j'aurais décidé de me renfermer dans ma coquille en m'isolant de mon environnement et en baissant les bras. **Reconnaître le pouvoir réparateur du sommeil** a joué un rôle crucial dans ma guérison. Je sais que la plupart des centres de réhabilitation aux États-Unis pratiquent d'autres méthodes ; je n'en demeure pas moins une fervente adepte du sommeil (entrecoupé, bien entendu, de moments d'apprentissage).

Dès le début, il m'a paru essentiel que ceux qui me prodiguent leurs soins ne limitent pas mon éveil cognitif à mes centres d'intérêt passés mais m'incitent au contraire à en découvrir de nouveaux. **J'avais besoin de me sentir aimée, pas pour ce que j'étais avant, mais pour ce que je m'apprêtais à devenir.** Quand mon hémisphère gauche a lâché la bride au droit, plus créatif et plus doué artistiquement, tout

136

a changé. Il était indispensable que ma famille, mes amis et mes collègues encouragent mes efforts pour me réinventer. Au fond, j'étais toujours la même ; celle qu'ils appréciaient jadis. Seulement, mon traumatisme avait bouleversé mes connexions neuronales en obligeant ma perception du monde à évoluer. J'avais beau conserver la même apparence (et m'apprêter à retrouver bientôt ma démarche et mon expression coutumières), les nouveaux réseaux que formaient mes neurones influaient sur mes penchants et mes aversions.

Je souffrais d'un handicap mental si criant dans certains domaines que j'ai craint un moment qu'on ne me retire mes diplômes universitaires et mon titre de docteur : je ne me rappelais plus la moindre notion d'anatomie ! J'allais devoir me lancer dans une nouvelle carrière compatible avec les talents, jusque-là cachés, de mon hémisphère droit. Vu mon goût pour l'entretien des pelouses, j'ai sérieusement songé à me reconvertir dans le jardinage. Mon entourage devait à tout prix m'accepter telle que j'étais en m'accordant la liberté d'évoluer en tant qu'individu à l'hémisphère droit dominant. **Il fallait que mes proches m'encouragent et me rassurent sur ma valeur en tant que personne. Il fallait que je nourrisse des rêves qui me fournissent un objectif à atteindre.**

Comme je l'ai dit plus tôt, G.G. et moi avons compris d'instinct qu'**il était essentiel de remettre mon cerveau au travail sans attendre.** Certaines de mes connexions neuronales venaient de se rompre. Il fallait à tout prix les réactiver avant que les cellules dégénèrent ou du moins oublient leur fonction première. Mon rétablissement a dépendu d'une répartition équilibrée de mon temps entre mes efforts à l'état de veille et un sommeil réparateur. Durant les quelques mois qui ont suivi l'intervention, j'ai banni de mon environnement la télé, le téléphone et la radio. Impossible de me détendre en les écoutant : ils pompaient mon énergie en m'ôtant tout intérêt pour apprendre. G.G. s'est vite aperçue qu'**il valait mieux me poser des questions ouvertes dont la réponse ne se résumait pas à un simple « oui » ou « non »**. Opérer un tri entre une multitude d'éléments m'obligeait à retrouver l'accès à certains pans de ma mémoire ou, à défaut, à créer de nouveaux dossiers dans mon cerveau. Les questions fermées, en revanche, n'exigeaient pas beaucoup de réflexion de ma part et G.G. ne voulait pas laisser passer la moindre occasion de réveiller mes neurones.

Mon cerveau ne tenait plus compte de l'écoulement du temps dans mes réflexions. Il a donc fallu (entre autres) que je réapprenne à m'occuper de moi en m'habillant seule. G.G. a dû m'expliquer que les chaussettes s'enfilaient avant les chaussures. Je ne me rappelais pas la fonction d'ustensiles pourtant courants. Du coup, j'ai fait preuve d'une belle créativité, et d'un enthousiasme remarquable, dans leur utilisation. Qui aurait soupçonné qu'il n'y a rien de mieux qu'une fourchette pour se gratter le dos ?

Mon manque de vigueur m'a contrainte à faire preuve de discernement quand il s'agissait de déterminer sur quoi porteraient mes efforts au jour le jour. **J'ai dû définir mes priorités pour ne pas gaspiller mon énergie en poursuivant des objectifs à mes yeux secondaires.** Jamais je n'aurais cru recouvrer suffisamment de facultés intellectuelles pour enseigner à nouveau. Je n'ai toutefois pas tardé à me convaincre qu'il était de mon devoir de faire partager aux autres ma formidable expérience de la résilience du cerveau, à la condition préalable, toutefois, de réactiver le mien. J'ai résolu de me concentrer sur un projet artistique qui me permettrait de retrouver mon énergie, ma dextérité et ma capacité de mémorisation. J'ai décidé de représenter sur un vitrail un cerveau en coupe conforme à la réalité anatomique (voir la couverture du livre). Il a d'abord fallu que je le dessine : comme je ne me rappelais plus rien de mes études, j'ai exhumé mes manuels d'anatomie en les étalant par terre autour de moi et j'ai dessiné un cerveau à peu près réaliste (mais qui correspondait aussi à mon idéal esthétique). La réalisation de mon projet a sollicité mes capacités motrices, et mon aptitude plus subtile à couper et manipuler du verre. Mon premier vitrail figurant un cerveau en coupe a nécessité huit mois de travail mais le résultat m'a tellement plu qu'il m'a aussitôt décidée à en fabriquer un autre, aujourd'hui exposé à la Banque des cerveaux de Harvard.

Il était prévu de longue date que je donne une conférence à l'université de Fitchburg le 10 avril, soit quatre mois jour pour jour après mon hémorragie cérébrale. Comme il me fallait un objectif sur lequel concentrer mes efforts, j'ai décidé de m'y tenir : il s'agirait de ma première apparition publique depuis mon AVC. Ma priorité a dès lors consisté à retrouver un débit naturel. J'allais devoir garder la parole une vingtaine de minutes sans que le public remarque que je venais de subir un AVC. Un tel projet ne manquait pas d'ambition ! Il me semblait toutefois à ma portée, aussi ai-je aussitôt étudié les différentes stratégies qui me permettraient de le mener à bien.

D'abord, il fallait trouver une solution au problème de mes cheveux ! Dès le lendemain de mon intervention, j'ai lancé une nouvelle mode en matière de coiffure : je ne ressemblais alors pas à grand-chose (du moins à rien de symétrique !) avec mon crâne rasé au tiers. Heureusement, quand je plaquais sur le côté les rares cheveux qui me restaient, ceux-ci couvraient tant bien que mal ma cicatrice longue d'une vingtaine de centimètres. Le plus drôle consistait encore à dissimuler le duvet qui pointait sous mes mèches. En avril, j'arborais une ravissante coiffure, quoiqu'un peu excentrique, il faut bien l'avouer ! Je ne sais pas si mes cheveux m'ont trahie le jour de la conférence ni si quelqu'un s'est interrogé sur les marques stéréotaxiques en haut de mon front qui me donnaient un petit air de Frankenstein. (Le recours à la stéréotaxie au cours d'une intervention suppose de maintenir la tête immobile à l'aide d'un appareil complexe.)

J'ai trimé sans relâche en vue de la conférence. Le premier défi qui se posait à moi consistait à m'exprimer d'une manière claire et intelligible en public et le second, à faire état d'une parfaite connaissance du cerveau. Par chance, j'avais déjà prononcé une conférence du même genre au précédent congrès de la NAMI, quelques mois avant mon hémorragie. Je me suis repassé en boucle la vidéo de mon intervention dans l'espoir de retrouver mon élocution habituelle. J'ai étudié la manière dont la femme sur scène – autrement dit moi-même – se comportait face au micro ; son port de tête, son maintien, sa démarche. J'ai prêté une oreille attentive à son intonation, et à sa façon d'en jouer pour toucher son public. J'ai appris à l'imiter en la regardant. En somme, je suis peu à peu redevenue moi-même en étudiant minutieusement l'enregistrement de mon discours.

Quant à mes connaissances sur l'anatomie du cerveau, même si la vidéo de ma conférence m'avait beaucoup appris, je me sentais encore loin de me proclamer spécialiste en la matière ! Ma précédente intervention expliquait trop de choses à la fois. Du coup, je n'ai pas tout saisi, et je me suis d'ailleurs demandé si mon public n'avait pas partagé ma confusion. Me voilà au moins éclairée sur la prononciation des termes scientifiques ! Au bout de plusieurs visionnages, j'ai fini par comprendre ce que je racontais. La possibilité de donner son cerveau à la science m'a enchantée. Je me suis demandé si G.G. aurait légué le mien à un institut de recherches au cas où je n'aurais pas survécu à mon AVC. Mon couplet sur la Banque des cerveaux m'a beaucoup fait rire. Quel déchirement de songer que la femme que je voyais chantonner en s'accompagnant à la guitare n'existait plus !

Du mieux que j'ai pu, j'ai mis au point un discours d'une vingtaine de minutes que j'ai répété chaque jour pendant plus d'un mois. Tant que personne ne m'interromprait pour me bombarder de questions, tout irait bien, et pas un seul de mes auditeurs ne se douterait de mon récent traumatisme. Le jour venu, mes mouvements ont conservé leur raideur mécanique mais, au moins, je ne me suis pas mélangé les pinceaux avec les diapos et je suis repartie de Fitchburg fière de moi.

Alors que rien ne m'obligeait à consulter un kinésithérapeute, j'ai passé beaucoup de temps chez l'orthophoniste au cours des quatre mois qui ont suivi l'intervention. L'expression orale me posait moins de difficultés que la lecture. G.G. m'avait appris les lettres de l'alphabet (et les sons qu'il fallait, paraît-il, associer à tous ces gribouillis) mais les relier les unes aux autres pour former des mots (auxquels il fallait encore attacher un sens !) dépassait largement mes capacités. Mes tentatives de déchiffrer un texte en vue de le comprendre tournaient systématiquement au désastre. Lors de mon premier rendez-vous, Amy Rader, mon orthophoniste, m'a demandé de lire une histoire à voix haute avant de m'interroger dessus. Je n'ai trouvé la bonne réponse qu'à deux de ses vingt-trois questions !

Au début de mon traitement, je parvenais à prononcer les mots mais pas à leur attribuer une signification. À la fin, je lisais un mot à la fois puis je prenais le temps d'en comprendre le sens avant de passer au suivant. Mes difficultés venaient de mon incapacité à établir un lien entre tel instant et tel autre et à ordonner mes pensées selon un ordre chronologique. Tant que chaque moment de ma vie demeurerait indépendant des précédents, je ne pourrais rattacher entre eux ni les mots ni les idées. Il me semblait que la partie de mon cerveau qui me rendait apte à la lecture venait de périr ou peu s'en fallait et se braquait contre le moindre apprentissage. Le soutien d'Amy et de G.G. m'a permis de franchir les étapes nécessaires à la réalisation de mon objectif, une semaine après l'autre. Ce fut un plaisir de me remémorer mon vocabulaire dans la mesure où il me donnait accès aux anciens dossiers de mon cerveau. Mes efforts, pas toujours couronnés de succès, m'épuisaient cependant. Lentement, mot par mot, j'ai ressuscité des pans entiers de ma mémoire lexicale en découvrant la vie que je menais avant mon hémorragie. J'ai retrouvé mon chemin dans ma matière grise sous la houlette de l'infatigable G.G.

Me focaliser sur mes capacités plutôt que sur mes handicaps a beaucoup contribué à ma guérison. Fêter mes réussites au quotidien m'a permis de ne pas perdre de vue que je me débrouillais assez bien dans l'ensemble. Peu importe si je marchais ou parlais ou me rappelais mon nom ou pas. Je devais me réjouir d'être encore en vie quand bien même je ne me contentais plus que de respirer. Si je trébuchais, c'est que j'arrivais au moins à me tenir debout. Tant mieux si de la salive moussait aux commissures de mes lèvres : je déglutirais sans peine à

table ! C'eût été trop facile de s'arrêter à mes limites :
il y en avait tellement ! **Il était bon que mon entourage se réjouisse de mes progrès au quotidien parce que c'étaient eux qui m'incitaient à aller de l'avant, aussi anodins pussent-ils sembler.**

Au mois de janvier, quelques semaines après l'intervention, le centre du langage de mon hémisphère gauche a recommencé à me parler. J'avais beau savourer la quiétude de mon esprit muet, la reprise du monologue intérieur de mon hémisphère gauche m'a rassurée sur mon sort. Jusque-là, je luttais en vain pour tenir compte de l'écoulement du temps dans mes réflexions. Les repères chronologiques de ma petite voix intérieure m'ont aidée à structurer ma pensée.

Ma volonté de ne pas m'appesantir sur mon propre cas a été l'une des clés de mon rétablissement. M'interdire de me lamenter sur mon sort a contribué pour une large part à ma guérison. Ce fut un plaisir pour moi de recouvrer peu à peu mes facultés. Ma perception du monde s'est enrichie au rythme de mon rétablissement. Je me sentais dans la peau d'un petit enfant curieux d'explorer le monde, tant qu'il ne s'éloigne pas trop de sa maman. Je me suis livrée à une foule d'expériences qui ont souvent débouché sur un franc succès mais j'ai aussi tenté des exploits qui dépassaient encore mes capacités. En tout cas, je ne me suis jamais appesantie sur ma situation, et j'ai surveillé de près les propos que je tenais en mon for intérieur. Rien de plus facile en effet que de me sentir amoindrie : je venais en quelque sorte de perdre la tête, ce qui me fournissait une excellente raison de m'apitoyer sur moi. Heureusement, la joie de mon hémisphère droit a su résister à la neurasthénie et à la dépréciation de moi-même.

Il a fallu que j'accepte de bonne grâce le soutien et l'aide des autres. Je ne me suis complètement rétablie qu'au terme d'un long processus. Des années s'écouleraient encore avant que je sache quelles facultés j'allais recouvrer ou pas. En attendant, je devais laisser mon cerveau récupérer, et ne pas rechigner à recevoir de l'aide. Avant mon AVC, je menais une vie très indépendante. Je travaillais au labo la semaine et je sillonnais les États-Unis avec ma guitare en tant que membre de la NAMI le week-end. Je menais ma barque entièrement seule. Recevoir une aide extérieure me mettait mal à l'aise. Mon nouvel état (et mes nombreux handicaps) m'a toutefois contrainte à laisser d'autres se charger de certaines tâches à ma place. En un sens, j'ai eu de la chance que mon hémorragie se déclare dans mon hémisphère gauche : j'ai mieux supporté que l'on me tende une main charitable en l'absence de la petite voix intérieure qui incarnait mon ego.

Ma guérison a reposé sur ma capacité à décomposer la moindre tâche en une succession d'actions simples. G.G. devinait à merveille ce qu'il fallait que je parvienne à accomplir avant de m'atteler à quelque chose de plus complexe, qu'il s'agisse de me balancer d'avant en arrière pour me redresser dans mon lit ou de me rendre compte qu'il n'y a aucun mal à marcher sur les interstices entre les plaques de ciment du trottoir. Au final, c'est une succession de minuscules pas en avant qui a rendu possible ma guérison.

Il fallait partir du principe que je ne savais rien afin de tout me réapprendre depuis le début. Mon cerveau n'établissait pas les rapprochements pourtant nécessaires entre mes connaissances fragmentaires. Il a fallu qu'on me montre à plusieurs reprises comment tenir une fourchette. **Ceux qui m'ont prodigué leurs soins ont dû redoubler de patience.** Il leur a souvent été nécessaire de me répéter telle ou telle chose avant que je la retienne. Si je ne

« pigeais » pas, c'est que la partie de mon cerveau manquante l'empêchait d'enregistrer ce qu'on lui disait. Quand les gens haussaient le ton en s'adressant à moi, je me repliais sur moi-même ou je me cabrais comme un petit chien tout innocent sur lequel on hurle sans raison. Un mouvement de recul instinctif m'échappait. Il ne fallait pas oublier que je ne souffrais pas de surdité mais d'un traumatisme au cerveau. Mes proches ne devaient pas s'impatienter mais, au contraire, me répéter la même chose pour la vingtième fois avec autant de gentillesse que la première.

Mon entourage devait rester proche de moi sans se laisser impressionner par mon état. Je me montrais avide des moindres preuves d'affection ; une caresse sur le bras, une pression de la main ou même le simple fait de tamponner une serviette au coin de ma bouche. Tout le monde ou presque connaît quelqu'un qui, à la suite d'un AVC dans son centre du langage, se retrouve incapable de tenir une conversation. Une personne « normale » rechigne souvent à établir un échange avec la victime d'un traumatisme cérébral. **Il n'en restait pas moins nécessaire que mes proches me communiquent leur entrain.** Même s'il ne fallait pas songer à nouer avec moi une conversation, j'aimais recevoir une petite visite de temps en temps ; qu'on me presse la main en me donnant des nouvelles et en m'assurant d'une voix douce de ma guérison prochaine. Je supportais mal la présence des anxieux de nature. Mon entourage devait prendre garde à l'impression qu'il produisait sur moi : j'encourageais tout le monde à se dérider, m'ouvrir son cœur et m'apporter son affection. Les gens nerveux ou aigris entravaient à leur insu mon rétablissement.

Mon AVC m'a donné l'occasion de prendre conscience de l'impact de mes émotions sur mon organisme. La joie est devenue une sensation à l'intérieur de mon corps. La quiétude aussi. Je ressens aujourd'hui quand une nouvelle émotion prend naissance en moi. Certaines se dissipent aussi subitement qu'elles m'ont envahie. J'ai dû diversifier mon vocabulaire pour les qualifier et, chose remarquable, j'ai découvert qu'il était en mon pouvoir de les laisser s'installer en moi ou, au contraire, de les chasser au plus vite.

J'ai commencé à prendre des décisions en fonction de ce que je ressentais. Des émotions telles que la colère, la frustration ou la peur me pèsent. J'ai déclaré à mon cerveau que je n'en voulais plus et qu'il ne devait surtout pas activer les réseaux de neurones correspondants. J'ai découvert la capacité de mon hémisphère gauche à « raisonner » mon cerveau en lui dictant ce qu'il tolère ou pas. Là-dessus, j'ai compris que je ne serais plus jamais la même qu'avant. J'ai désormais mon mot à dire sur ce que je ressens et je m'oppose envers et contre tout à la réactivation de mes anciennes connexions neuronales génératrices de souffrance.

L'attention soutenue que j'ai prêtée à l'incidence de mes émotions sur le fonctionnement de mon organisme a joué un rôle déterminant dans ma guérison. Huit années durant, j'ai observé mon esprit à l'œuvre en analysant ce qui se passait dans mon cerveau. Chaque jour nouveau s'est accompagné de révélations et de défis à relever. Plus mon passé me revenait en mémoire, plus mon bagage émotionnel refaisait surface. Il m'a fallu réfléchir plus d'une fois à l'opportunité (ou pas) de renouer avec mes anciens modes de pensée.

Ma guérison sur le plan émotif a marqué l'aboutissement d'un processus d'une lenteur souvent fastidieuse mais qui en valait tout de même la peine. À partir du moment où mon hémisphère gauche a repris du poil de la bête, il m'a semblé naturel d'accuser les autres, ou tout simplement la force des choses, de mon humeur. Je sais cependant que personne ne peut m'obliger à ressentir quoi que ce soit, excepté moi-même. Rien d'extérieur à ma conscience n'a le pouvoir de m'ôter ma tranquillité d'esprit. Celle-ci ne dépend que de moi. Loin de moi la prétention de contrôler tout ce qui m'arrive ! Il n'empêche que c'est à moi et à moi seule de décider du regard que je porte sur mon expérience.

14

Quelques jalons
sur le chemin de la guérison

On me demande souvent : « Combien de temps vous a-t-il fallu pour récupérer ? » Je réponds en général, et tant pis si ma réflexion ressemble à une boutade : « Récupérer quoi ? » Si la guérison suppose la restauration des programmes mentaux dans leur état antérieur, la mienne n'est encore que partielle. J'ai beaucoup réfléchi, ces derniers temps, aux connexions neuronales que je souhaite réactiver et à celles que je ne tiens pas à voir ressurgir (parce qu'elles génèrent en moi des mouvements d'impatience ou de mesquinerie par exemple). Mon AVC a été un don du ciel dans la mesure où il m'a permis de décider de ma manière d'être au monde. Avant mon hémorragie, je me considérais comme un produit de mon cerveau. Je ne croyais pas avoir mon mot à dire sur ce que je pensais ou ressentais. Depuis, mes yeux se sont dessillés et j'ai enfin saisi qu'il me revenait de décider ce qui se passe à l'intérieur de mon crâne.

Ma remise sur pied après l'intervention chirurgicale fut une partie de plaisir comparée à la restructuration de mon esprit ou à ma quête d'une nouvelle manière d'habiter mon corps. Après mon opération,

G.G. a nettoyé ma plaie et mes trente-cinq points de suture ont cicatrisé à merveille. Mon principal problème m'est venu de l'articulation temporo-mandibulaire (ATM) gauche de ma mâchoire mais elle n'a pas tardé à guérir à l'aide de l'intégration fonctionnelle, une technique de soins mise au point par Moshe Feldenkrais dans les années 1940. La sensibilité au niveau de ma cicatrice ne m'est revenue qu'au bout de cinq ans et les trous laissés par le trépan du chirurgien dans mon crâne se sont résorbés un an plus tard.

Ma mère a témoigné d'un remarquable discernement : elle a su m'épauler sans pour autant entraver mes progrès. À la mi-février, deux mois après mon AVC, je suis partie à l'aventure ! À ce moment-là, je m'exprimais assez bien à l'oral pour me tirer d'affaire (du moins l'espérions-nous). De toute façon, je n'ai été livrée à moi-même que le moins de temps possible. G.G. m'a conduite à l'aéroport avant de m'escorter jusqu'à mon siège à bord de l'avion. Une amie est ensuite venue me chercher à destination, de sorte qu'au final, je n'ai pas eu à me dépatouiller trop longtemps seule. Ce premier saut hors du nid a marqué pour moi un grand pas vers l'indépendance (et, à ce titre, j'en garde un excellent souvenir). Il m'a surtout donné envie de poursuivre mon émancipation.

Trois mois après l'intervention, G.G. m'a réappris à conduire. Diriger une énorme caisse en métal montée sur roues à une vitesse insensée alors que d'autres gens pressés en font autant en mangeant, buvant, fumant et, il faut bien l'avouer, en discutant dans leur portable, m'a rappelé la vulnérabilité de notre condition humaine. Eh oui, la vie est un don précieux ! À ce moment-là, mon cerveau peinait encore à reconnaître les lettres de l'alphabet. Le principal obstacle est venu de ma lenteur à identifier les panneaux. Même quand je remarquais la signalisation, il me fallait un temps fou pour l'interpréter. Qu'est-ce qu'il raconte, ce grand panneau vert ? Oh flûte ! Je viens de rater ma sortie !

À la mi-mars, G.G. m'a estimée en mesure de me passer de ses soins. Bien que je fusse encore loin de me débrouiller comme avant, ma mère s'est dit qu'avec le soutien de mes amis, je parviendrais à voler de mes propres ailes. Elle m'a assuré qu'en cas de besoin il me suffirait de lui passer un coup de fil pour qu'elle monte dans un avion me rejoindre. La perspective de retrouver mon indépendance m'a enthousiasmée, tout en m'effrayant quelque peu !

Ma prise de parole en public à Fitchburg m'a permis de déterminer si je me sentais vraiment prête à renouer avec ma vie d'avant. Je me suis concentrée sur le discours que j'allais prononcer alors que je réapprenais peu à peu à ne plus compter que sur moi-même. Mon amie Julie m'a conduite à Fitchburg en voiture et mon intervention a rencontré un succès tel qu'il m'a, si je puis dire, tourné la tête. Au fond, j'ai réussi à ne pas me contenter de survivre mais à m'épanouir à nouveau. J'ai recommencé à consacrer du temps à la Banque des cerveaux depuis mon ordinateur, chez moi. Au début, quelques heures tous les deux ou trois jours me suffisaient amplement. Je suis ensuite retournée travailler à l'hôpital McLean, un ou deux jours par semaine. Le trajet en voiture m'épuisait plus que mon travail lui-même.

Pour ne rien arranger, mes médecins ont insisté pour me prescrire du Dilantin en traitement préventif des crises d'épilepsie. Je n'en avais encore jamais eu, mais il est courant d'administrer ce genre de médicament à la suite d'une intervention chirurgicale à la région temporale du cerveau. Comme la plupart des patients, je rechignais à suivre mon traitement tant il me fatiguait et me rendait léthargique. Le pire, c'est que, sous Dilantin, je ne me sentais plus moi-même (alors que, depuis mon AVC, je me considérais déjà comme étrangère à ma propre vie !). Je comprends mieux aujourd'hui pourquoi certains préfèrent leur folie aux effets secondaires des neuroleptiques. Heureusement pour moi, mes médecins ont accepté que je prenne la dose prescrite le soir avant d'aller me coucher. Je me réveillais ainsi les idées à peu près claires. J'ai pris du Dilantin pendant les deux années qui ont suivi l'intervention.

Au bout de six mois, je me suis rendue à une réunion d'anciens élèves de mon lycée dans l'Indiana, une occasion en or de me remémorer mon passé ! Deux de mes meilleures amies m'ont accompagnée en me racontant des anecdotes sur notre adolescence à Terre Haute. Le moment m'a paru on ne peut mieux choisi : depuis peu, mon cerveau engrangeait à nouveau des connaissances en retrouvant l'accès à ma mémoire. Revoir mes anciens camarades de classe a réveillé en moi bien des souvenirs. Cela dit, il ne fallait surtout pas que je me dévalorise à leurs yeux à cause de mon AVC. Ils ont tous été très gentils avec moi, et nous avons passé un excellent moment à évoquer nos années de jeunesse.

Au mois de juillet, j'ai assisté à la conférence annuelle de la NAMI alors que mon mandat au comité national de direction touchait à son terme. À cette occasion, j'ai prononcé un discours de quelques minutes devant plus de deux mille personnes. Ma guitare en bandoulière, les larmes aux yeux et le cœur débordant de gratitude, j'ai remercié tous ces gens merveilleux qui m'avaient donné le courage de guérir. Je conserve précieusement la collection de cartes qu'ils m'ont envoyées pour me souhaiter un prompt rétablissement. Je ne serais pas là où j'en suis aujourd'hui sans ma seconde famille de la NAMI.

La marche à pied (qui devait m'aider au départ à reprendre des forces) n'a pas tardé à occuper une place essentielle dans mon quotidien. Quand on a l'impression d'être un fluide, on ne sait ni où commence ni où se termine son propre corps. Au bout d'un an d'exercice régulier, je parcourais en moyenne cinq kilomètres plusieurs fois par semaine. Je marchais en tenant en main des poids que je balançais en rythme, un peu comme un jeune enfant qui ne tient pas en place. J'ai pris soin d'exercer mes différents muscles, ceux de mes épaules et de mes pectoraux, tout en m'assouplissant les poignets. Les passants me lançaient des coups d'œil interloqués (qui me laissaient de marbre compte tenu de la disparition, pour le coup bienvenue, de mon ego dans mon hémisphère gauche). Marcher en portant des poids m'a redonné du tonus, et m'a surtout aidée à retrouver mon équilibre. Les massages et l'acupuncture m'ont quant à eux redonné conscience des limites de mon organisme.

Le huitième mois après l'intervention, j'ai repris mon travail à plein temps, même s'il me manquait encore certaines compétences pour l'exercer comme il se devait. Mon cerveau ne réfléchissait que très lentement, englué dans une torpeur dont je ne parvenais pas à me secouer. Il me fallait en principe gérer une base de données informatiques. Je ne me sentais cependant pas encore à la hauteur d'une tâche aussi ardue ! Mon hémorragie cérébrale m'a incitée à réfléchir au peu de temps qui nous est imparti sur cette planète. L'envie m'est venue de retourner vivre dans l'Indiana. Il m'a semblé primordial de consacrer du temps à mes parents, tant qu'ils vivaient encore. Ma supérieure hiérarchique (un grand merci à elle !) m'a proposé de devenir porte-parole officiel de la Banque des cerveaux et m'a donné sa bénédiction pour que je revienne habiter dans l'Indiana. De toute façon, j'allais devoir me déplacer dans l'ensemble des États-Unis, quel que soit mon lieu de résidence.

L'année qui a suivi l'AVC, j'ai emménagé dans le Middle West. L'endroit que je préfère au monde, c'est Bloomington dans l'Indiana ; une ville universitaire ni trop grande ni trop petite, qui fourmille de gens passionnants jamais en mal de ressources (et où se trouve bien entendu l'université d'État de l'Indiana). En m'installant là-bas, j'ai retrouvé mes racines. Quand je me suis aperçue que mon nouveau numéro de téléphone correspondait au jour, au mois et à l'année de ma naissance, je me suis dit que je ne m'étais décidément pas trompée dans le choix de mon cadre de vie ! Je me trouvais là où il fallait au moment où il le fallait. Une coïncidence aussi impro-bable ne pouvait que m'en apporter la preuve.

J'ai passé l'année suivante à réveiller mes sou-venirs de mon AVC. Un psychothérapeute gestaltiste m'a aidée à verbaliser mon expérience telle que l'a vécue mon hémisphère droit ce matin-là. Commu-niquer à d'autres ce que j'avais ressenti en assistant à la dégradation de mes facultés mentales devait selon moi permettre de soigner plus efficacement les victimes de traumatismes cérébraux. J'espérais aussi que si l'un de mes lecteurs ressentait un jour les mêmes symptômes que moi, mon exemple l'incite-rait à prévenir aussitôt les secours. J'ai travaillé avec Jane Nevins et Sandra Ackerman de la Fondation Dana à un projet de livre inspiré de mon vécu. Nos efforts étaient encore prématurés à ce moment-là mais je leur resterai à jamais reconnaissante de l'intérêt qu'elles m'ont témoigné et de leurs encou-ragements à exprimer ce qui me tenait le plus à cœur.

Dès que j'ai de nouveau été en mesure d'engranger des connaissances, le moment m'a paru venu de me réatteler à des études universitaires. Au cours de la deuxième année qui a suivi mon AVC, l'institut de technologie Rose Hulman de Terre Haute, dans l'Indiana, m'a proposé un poste de professeur en anatomie et en neurobiologie. En somme, on me payait pour réapprendre mon métier. Je ne me souvenais plus de la terminologie scientifique (à cause des lésions à mon hémisphère gauche) mais de l'aspect des différentes parties du corps humain et de leurs relations les unes aux autres, ça oui (grâce à mon hémisphère droit). J'ai emmagasiné un maximum de connaissances et, tout le trimestre, il m'a semblé que mon cerveau en surchauffe s'apprêtait à exploser (même si cela lui a fait le plus grand bien de se voir soumis à aussi rude épreuve). Garder en permanence une longueur d'avance sur mes étudiants n'était pas une mince affaire ! Pendant douze semaines, j'ai compensé mon dur labeur par un temps de sommeil approprié et, en fin de compte, mon esprit a fait merveille. Je tiens à exprimer ici ma gratitude au département de biologie appliquée et de génie biomédical de l'institut Rose Hulman pour la confiance qu'il m'a témoignée en me proposant de renouer avec l'enseignement.

Pour vous donner une idée du temps qu'il m'a fallu pour me remettre de mon AVC, voici les principales étapes de ma guérison, au fil des ans :

Je raffole des patiences mais je n'ai réussi à fixer mon attention sur un jeu de cartes qu'au bout de trois ans. Il a fallu que je parcoure cinq kilomètres d'affilée plusieurs fois par semaine en portant des poids pendant quatre ans avant de retrouver une démarche souple et naturelle. Je ne suis parvenue à mener à bien plusieurs activités de front (discuter au téléphone en surveillant la cuisson de pâtes, par exemple) que quatre ans après mon hémorragie cérébrale. Jusque-là, il m'était impossible de faire deux choses à la fois tant la moindre activité me réclamait d'attention. Ça n'a pourtant jamais été mon genre de me plaindre. Quand le découragement me guettait, je me rappelais mon état au lendemain de l'AVC en me félicitant de l'excellente réaction de mon cerveau à mes efforts pour le stimuler. Je devinais sans peine à quoi aurait ressemblé ma vie si ceux-ci n'avaient pas porté leurs fruits, aussi me suis-je plus d'une fois réjouie de mon sort.

Il y a tout de même une chose sur laquelle je pensais devoir tirer une croix : mon aptitude aux mathématiques. À ma grande surprise, j'ai toutefois réussi à effectuer une addition la quatrième année qui a suivi mon AVC. La soustraction et la multiplication m'ont encore résisté six mois et je ne suis parvenue à résoudre une division que la cinquième année après mon hémorragie. L'utilisation répétée d'un jeu de cartes où ne figurent que des chiffres m'a aidée à comprendre les principes de base des mathématiques. Je m'exerce aujourd'hui avec le programme d'entraînement cérébral de Nintendo. Ce genre de gymnastique mentale me semble hautement recommandable à toute personne de plus de quarante ans, et a fortiori à toute victime d'un AVC.

Cinq ans après mon traumatisme, je me suis rendue à Cancún où j'ai bondi d'un rocher à l'autre sur la plage sans devoir regarder où je mettais les pieds. Un tel exploit n'avait rien d'anodin : il me fallait auparavant garder les yeux rivés au sol en permanence. La sixième année qui a suivi mon AVC a été couronnée par la réalisation d'un vieux rêve : retrouver assez de pep pour monter quatre à quatre un escalier. Anticiper sur mes progrès à venir m'a aidée à recouvrer les capacités physiques indispen-

155

sables à leur aboutissement. En me concentrant sur les sensations que me procurait tel ou tel mouvement, j'ai accéléré ma remise sur pied. Je rêvais depuis mon AVC de grimper des marches quatre à quatre. Je me souvenais parfaitement de ce que cela faisait de bondir au pas de course d'un palier au suivant. Je me suis repassé la scène en mémoire afin de stimuler mes neurones en attendant que mon corps leur obéisse suffisamment pour réaliser mon rêve.

Tous ceux que ma profession m'a amenée à côtoyer au fil des ans se sont montrés très généreux envers moi. Au début, je craignais que mes collègues ne m'estiment amoindrie suite à mon AVC et ne me traitent avec condescendance, voire qu'ils me rejettent. Heureusement, ça n'a jamais été le cas. Mon AVC m'a ouvert les yeux sur la résilience du cerveau humain plein de ressources mais aussi sur la bienveillance innée de la plupart d'entre nous. Nombreux sont ceux qui m'ont émue par la bonté dont ils ont témoigné à mon égard.

J'ai recommencé à sillonner les États-Unis, ma guitare en bandoulière, pour encourager les dons de tissus cérébraux (cette fois, dans le cadre de mon travail à la Banque des cerveaux), l'année qui a suivi mon AVC. Six ans plus tard, j'ai accepté un poste de professeur au département de kinésiologie de l'université de l'Indiana. L'enseignement de l'anatomie macroscopique a toujours été pour moi source de joie. Je me suis en outre portée volontaire pour travailler au laboratoire d'anatomie macroscopique de la faculté de médecine de l'université de l'Indiana. Je considère comme un privilège exaltant l'opportunité qui m'a été donnée de redécouvrir la fabuleuse conception du corps humain avant de transmettre mes connaissances à de futurs médecins.

Au cours de la même année, la septième après l'AVC, mon besoin de sommeil s'est réduit de onze à neuf heures et demie par nuit. Jusqu'à ce moment-là, je faisais aussi souvent la sieste. Pendant les sept premières années qui ont suivi mon hémorragie cérébrale, mes rêves offraient un curieux reflet de ce qui se passait à l'intérieur de mon crâne. Au lieu de me transporter dans mon sommeil auprès d'êtres humains victimes d'un tas de péripéties, mon esprit juxtaposait des instants de mon vécu sans lien entre eux. Je suppose que cela correspondait à la manière dont mon cerveau associait tant bien que mal des perceptions sans queue ni tête dans l'espoir d'en former un tout cohérent. Quel choc de rêver à nouveau de gens comme vous et moi ! Au début, leurs aventures ne présentaient souvent que peu de sens et mon esprit s'activait tellement la nuit que je me sentais épuisée au réveil.

L'année suivante, la huitième après mon traumatisme, ma perception de mon corps a changé : je ne me sentais dorénavant plus fluide mais solide. J'ai commencé à faire du ski nautique : réclamer à mon organisme un effort à la limite de ses capacités m'a permis de consolider l'emprise de mon esprit sur mon corps. Je dois avouer que, malgré ma joie de me sentir à nouveau solide, cela me manque de ne plus me percevoir comme un fluide et de ne plus me rappeler sans cesse que nous ne formons qu'un avec le reste de l'univers.

Je mène aujourd'hui la vie dont je rêve depuis toujours. Je parcours les États-Unis au nom de la Banque des cerveaux, ma guitare en bandoulière. J'enseigne aux étudiants de la faculté de médecine de l'université de l'Indiana la neuro-anatomie et l'anatomie macroscopique, deux matières qui me tiennent beaucoup à cœur. J'assume un rôle de consultante pour l'Institut de Protonthérapie du

Middle West au Cyclotron de l'université de l'Indiana (où l'on détruit des cellules cancéreuses à l'aide d'un faisceau de particules). Dans l'espoir de venir en aide à d'autres victimes d'AVC, je travaille à l'élaboration d'un système de réalité virtuelle qui permettrait aux patients de recouvrer leurs facultés par le biais de ce que je nomme des « intentions visuellement dirigées ».

J'adore faire du ski nautique sur le lac Monroe tôt le matin et c'est toujours avec grand plaisir que je me promène dans mon quartier le soir. Je laisse libre cours à ma créativité en réalisant des vitraux, qui représentent la plupart du temps des cerveaux en coupe. Ma guitare est pour moi une source intarissable de joie. Pas un jour ne s'écoule sans que je ne discute avec ma mère. En tant que présidente de la section de Bloomington de la NAMI, je continue à lutter pour un meilleur traitement des maladies mentales. Aider les gens à parvenir à la paix intérieure et à découvrir la joie innée qu'ils recèlent en eux, telle est aujourd'hui ma mission.

Au fil des ans, l'occasion m'a été donnée de raconter mon aventure dans des revues scientifiques destinées au grand public ainsi que dans d'autres plus confidentielles, diffusées au sein d'associations de victimes d'AVC. Le récit de ma guérison a fait l'objet d'une des émissions de la série *The Infinite Mind*[1]. Je vous encourage par ailleurs à écouter une émission de PBS diffusée partout dans le monde ou presque et qui s'intitule *Understanding : The Amazing Brain* et qui vous expliquera à merveille la plasticité du cerveau humain.

---

1. « L'esprit sans limites », émission consacrée à des questions de santé. (*N.d.T.*)

15

Mon odyssée intérieure

Mon complet rétablissement physique, cognitif, émotionnel et intellectuel ne laisse toujours pas de m'étonner ni de me réjouir au plus haut point compte tenu de mon périple inouï dans les arcanes de mon propre cerveau. La récupération progressive des capacités de mon hémisphère gauche a présenté pour moi un défi de taille et ce pour différentes raisons. La perte de la plupart des facultés neurologiques de mon cerveau gauche m'a contrainte à renoncer à certains traits de ma personnalité qui en découlaient. Je voulais à tout prix recouvrer mes anciennes aptitudes mais il ne me semblait pas opportun de réveiller des cellules anatomiquement associées aux émotions pénibles de mon passé. De nombreux traits de personnalité prêts à renaître des cendres de mon cerveau gauche m'ont paru intolérables compte tenu de ce que mon hémisphère droit souhaitait me voir devenir. D'un point de vue neuro-anatomique autant que psychologique, j'ai vécu là des moments d'une richesse incroyable.

Il m'a fallu me demander à d'innombrables reprises : Dois-je vraiment renouer avec tel ou tel trait de caractère lié au souvenir ou à la faculté que je désire retrouver ? Me serait-il possible de me sentir de nouveau moi-même et de me percevoir comme un individu distinct du reste de l'univers sans réveiller mon égoïsme, ma volonté de convaincre à tout prix ou ma crainte de la mort ? Apprécierais-je un jour la valeur de l'argent sans me laisser gagner par l'envie ou la cupidité ? Fallait-il renoncer à ma compassion ou à ma conviction que nous sommes tous égaux pour reprendre ma place dans le monde du travail en entretenant le désir de me hisser dans la hiérarchie ? Parviendrais-je à renouer des liens affectifs avec ma famille sans me laisser submerger par les complexes liés à ma place de benjamine dans la fratrie ? Et, surtout, ma certitude innée d'appartenir à un tout qui me dépasse survivrait-elle à la renaissance de mon individualité au sein de mon hémisphère gauche ?

Je me demandais dans quelle mesure la récupération des facultés de mon cerveau gauche me contraindrait à sacrifier le nouveau système de valeurs de mon hémisphère droit et les traits de caractère qui en découlaient. Je ne souhaitais pas renoncer à mon impression de fusionner avec le reste du monde. Je ne tenais pas à me sentir isolée de mon environnement ni à ce que mon esprit pense à une vitesse telle qu'elle m'obligerait à perdre de vue mon moi authentique. Loin de moi l'envie de renoncer au nirvana ! Quel prix allait devoir payer la conscience de mon hémisphère droit pour que l'on m'estime à nouveau « normale » ?

Les neurobiologistes actuels se contentent souvent de décrire sur un plan purement intellectuel l'asymétrie fonctionnelle de nos deux hémisphères cérébraux sans s'arrêter aux traits de caractère qui résultent de leur spécificité. La personnalité qui correspond au cerveau droit est souvent tournée en ridicule ou du moins présentée sous un jour peu flatteur en raison de son incapacité à comprendre un langage verbal et à tenir compte de l'écoulement du temps.

Prenons l'exemple du Dr Jekyll et de Mr Hyde : le personnage associé à l'hémisphère droit passe pour un abruti incontrôlable, violent, méprisable, pas même conscient de ce qu'il fait et qui n'apporte rien de bon à personne. À l'inverse, notre hémisphère gauche jouit d'une réputation d'esprit vif, méthodique et rationnel, car c'est là que siège notre conscience.

Avant mon AVC, mon hémisphère gauche prévalait sur le droit. Je sollicitais la plupart du temps mes facultés de jugement et d'analyse. Mon hémorragie a détruit les neurones qui définissaient mon ego dans le centre du langage de mon hémisphère gauche en les empêchant ainsi d'étouffer plus longtemps la voix de mon cerveau droit, ce qui m'a permis de relever les différences entre les deux personnalités qui cohabitent à l'intérieur de mon crâne. Les deux moitiés de mon cerveau, non contentes de percevoir le monde ou de réfléchir chacune à sa manière, prônent des valeurs propres au type de données qu'elles traitent. Mon AVC m'a obligée à me rendre compte que mon hémisphère droit abritait une forme de conscience dont dépendaient ma quiétude, ma joie et mon amour pétri de compassion pour le reste du monde.

Bien sûr, il ne faut pas pour autant me croire atteinte de troubles de l'identité ! Les choses ne sont pas aussi simples que mes observations pourraient le laisser croire. En général, il nous est difficile, voire impossible, de distinguer la personnalité de l'un et l'autre de nos hémisphères vu que chacun de nous se perçoit comme un individu unique, doté d'une seule conscience. Avec un peu d'entraînement, la plupart des gens n'ont toutefois aucune peine à reconnaître chez leurs proches, ou même en eux, les traits de caractère correspondant à l'une ou l'autre des deux moitiés de leur cerveau. Mon objectif consiste à vous permettre de découvrir quel hémisphère abrite telle ou telle tendance de votre personnalité et de les apprécier à leur juste valeur afin de contrôler leur expression. Une meilleure connaissance de celui ou celle que nous abritons sous notre crâne devrait nous aider à mener une vie plus équilibrée.

Il semblerait que nombre d'entre nous soient la proie d'une lutte intérieure entre des tendances opposées. À vrai dire, tous ceux avec qui j'en ai discuté (ou presque) ont admis la coexistence en eux de traits de caractère conflictuels. Beaucoup m'ont confié que leur raison (leur hémisphère gauche) leur dictait souvent d'opter pour tel choix alors que leur cœur (leur hémisphère droit) les incitait à un autre. Certains distinguent ce qu'ils pensent (dans leur hémisphère gauche) de ce qu'ils ressentent (dans leur hémisphère droit). D'autres parlent d'une conscience intellectuelle (celle du cerveau gauche) par opposition à l'instinct corporel (du cerveau droit). D'autres encore évoquent leur moi superficiel (dans l'hémisphère gauche) et leur moi profond ou authentique (dans l'hémisphère droit). Quelques-uns séparent leur esprit au travail (quand le cerveau gauche prédomine) de leur esprit en vacances (quand c'est au tour du cerveau droit de l'emporter) ; d'autres se réfèrent à leur mentalité de chercheur (l'hémisphère gauche) à ne pas confondre avec leur mentalité de diplomate (l'hémisphère droit). Et, bien entendu, on peut aussi opposer le cerveau masculin (sa moitié gauche) au féminin (sa moitié droite) ou le yang (l'hémisphère gauche) au yin (le droit). Un adepte de Carl Jung distinguera le type sensitif (l'hémisphère gauche) du type intuitif (l'hémisphère droit) ou le type intellectuel (le cerveau gauche) du type affectif (le cerveau droit). Peu importe la terminologie employée : les diverses tendances de la personnalité de chacun découlent (si j'en crois mon expérience) des deux hémisphères distincts dont se compose notre cerveau.

Au cours du lent processus de ma guérison, je me suis efforcée de parvenir à un équilibre harmonieux entre mes deux hémisphères et surtout de déterminer quelles tendances prendraient le pas à tel moment donné. Cela me tenait à cœur dans la mesure où une profonde quiétude mêlée de compassion pour le reste de l'humanité habite mon hémisphère droit. Plus nous mobilisons les réseaux de neurones qui suscitent en nous sérénité et sympathie pour autrui, plus notre entourage le ressentira et plus la paix s'étendra, par contagion, si je puis dire, sur notre planète. Une connaissance plus pointue du type d'informations traité par chaque moitié de notre cerveau nous rendra plus aptes à définir notre comportement en tant qu'individus, d'une part, mais surtout en tant que membres de l'immense famille humaine.

D'un point de vue neuro-anatomique, la paix intérieure a envahi mon hémisphère droit quand le centre du langage et l'aire associative pour l'orientation de mon hémisphère gauche ont cessé de fonctionner. Les recherches sur le cerveau menées par le Dr Andrew Newberg et feu le Dr Eugene d'Aquili[1] m'ont aidée à saisir ce qui s'est passé à l'intérieur de mon crâne lors de mon AVC. La gammatomographie (ou tomographie par émission de photon unique) a permis à Newberg et d'Aquili d'identifier les structures neuro-anatomiques qui rendent possibles les expériences mystiques. Il leur fallait pour cela savoir quelles régions du cerveau entrent en activité quand nous basculons dans un nouvel état de conscience et qu'une impression de fusionner avec le reste de

---

1. *Pourquoi « Dieu » ne disparaîtra pas : quand la science explique la religion* (Sully, 2003).

l'univers remplace notre perception habituelle de nous-même en tant qu'individu.

Des moines tibétains et des sœurs franciscaines ont été invités à méditer ou prier dans l'appareil d'imagerie cérébrale puis à tirer sur une cordelette quand ils se sentaient au plus proche de Dieu ou au plus haut degré de leur méditation. Des modifications de leur activité neurologique dans certaines régions spécifiques de leur cerveau ont été observées à ce moment-là. Les centres du langage de leur hémisphère gauche ont cessé de fonctionner et la petite voix qui babillait d'ordinaire en eux s'est tue. Leur aire associative pour l'orientation s'est mise en veilleuse dans la circonvolution pariétale de leur hémisphère gauche, la région du cerveau qui nous permet de nous représenter dans l'espace. Quand celle-ci ralentit son activité ou que notre système sensoriel ne lui envoie plus d'informations, nous ne savons plus où commence ni où finit notre corps, qui tend à se confondre pour nous avec notre environnement immédiat.

AIRE ASSOCIATIVE POUR L'ORIENTATION
(limites physiques, espace et temps)

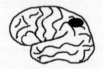

Je comprends mieux maintenant pourquoi, quand les centres du langage de mon hémisphère gauche ont été réduits au silence et que les informations en provenance de mes sens ont cessé de parvenir à mon aire associative pour l'orientation, j'ai connu un nouvel état de conscience en me percevant comme un fluide indissociable du reste de l'univers.

16

Cerveau droit et cerveau gauche

Peu importent aujourd'hui les informations que traite (ou ne traite pas !) chacun de mes deux hémisphères, je me perçois comme un corps solide doté d'une seule et unique conscience provenant de l'ensemble des cellules actives à tel moment donné dans mon organisme. Les deux moitiés de notre cerveau se complètent l'une l'autre en nous fournissant une perception continue du monde. Si les neurones qui me permettent de reconnaître les visages jouent correctement leur rôle, je vous identifierai sans peine en vous apercevant. Dans le cas contraire, je m'appuierai sur d'autres informations telles que votre voix, votre maintien ou votre démarche. Si les cellules de mes centres du langage assument leur fonction, je comprendrai ce que vous me dites. Si les neurones qui me rappellent sans cesse qui je suis et où je vis se détériorent, mon sentiment d'identité ne s'en relèvera jamais, à moins que d'autres cellules de mon cerveau ne prennent la relève en se chargeant à leur tour de la même tâche. À l'instar d'un ordinateur, je ne parviendrai pas à exécuter telle fonction donnée en l'absence d'un « logiciel » adéquat.

Lorsque nous tentons de nous former une idée des caractéristiques de nos hémisphères cérébraux (et de leur manière spécifique de traiter les données en provenance de nos sens), il nous apparaît évident que chacun d'eux privilégiera son propre système de valeurs correspondant à des personnalités distinctes. Certains d'entre nous ont encouragé le développement des deux moitiés de leur cerveau : ils optimisent les compétences propres à chacune de sorte qu'elles se contrebalancent au quotidien. D'autres s'en tiennent au contraire à un fonctionnement unilatéral ; ils suivent un mode de pensée rigide et critique (en n'ayant recours qu'à leur cerveau gauche) ou, à l'inverse, se coupent du réel en passant leur temps « la tête dans les nuages » (à l'intérieur de leur cerveau droit). Un équilibre harmonieux entre les tendances associées à chacun de nos hémisphères devrait nous assurer assez de flexibilité sur le plan cognitif pour nous adapter au changement (grâce à notre cerveau droit) sans dévier pour autant du chemin que nous nous sommes tracé (à l'aide de notre cerveau gauche). Apprécier à leur juste valeur et utiliser au mieux nos aptitudes cognitives nous amène à prendre conscience des chefs-d'œuvre de la vie que nous sommes tous ! Imaginez le monde que nous pourrions créer pour peu que chacun d'entre nous décide de laisser libre cours à sa compassion !

Hélas ! la compassion n'a pas souvent voix au chapitre dans nos sociétés. Beaucoup d'entre nous passent un temps fou (et gaspillent énormément d'énergie) à dévaloriser ou critiquer les autres (ou, pire encore, eux-mêmes !). Quand nous nous accablons de reproches, nous devrions nous demander qui, au fond de nous, nous houspille et sur qui pleuvent nos récriminations. Avez-vous déjà remarqué la fâcheuse tendance des pensées négatives à redoubler notre hostilité envers nous-même ou notre anxiété ? Et l'influence pernicieuse de notre monologue intérieur sur nos relations avec nos proches et les réactions que nous suscitons en eux ?

En tant que créatures biologiques, nous disposons d'une emprise extraordinaire sur nous-mêmes. Nos neurones communiquent entre eux en fonction de circuits établis, ce qui rend au final leur activation assez prévisible. Plus nous nous concentrons sur un réseau de cellules en particulier, c'est-à-dire plus nous passons de temps à entretenir telle ou telle pensée, plus notre influx nerveux aura tendance à suivre le même parcours à l'avenir.

En un sens, nos esprits ressemblent à des programmes de recherche sophistiqués qui se concentrent presque exclusivement sur l'objet de leur quête. Si je prends plaisir à voir du rouge autour de moi, je ne tarderai pas à en repérer un peu partout. Peut-être pas tant que ça au départ mais, plus je me focaliserai sur mon envie de rouge, plus j'en distinguerai dans mon environnement.

Chacun de mes deux hémisphères voit les choses sous un angle différent, éveille en moi des émotions particulières et m'incite à me comporter de telle ou telle manière. Mes amis devinent rien qu'à mon maintien ou au pli qui barre mon front quelle moitié de mon cerveau vient de prendre le pas sur l'autre. Mon hémisphère droit ne se soucie que de l'ici et maintenant. Il batifole avec un enthousiasme débridé sans s'inquiéter de quoi que ce soit. Il sourit sans cesse et se montre très amical. Mon hémisphère gauche s'attache quant à lui aux détails en organisant mon quotidien en fonction d'un emploi du temps strict. C'est mon côté le plus sérieux. C'est à cause de lui que je serre les mâchoires et que je tiens compte de mes expériences passées quand je dois prendre une décision. C'est lui aussi qui me pose des limites et juge de ce qui est bon ou pas, juste ou non.

Et, j'oubliais, c'est lui aussi qui creuse ce fameux pli en travers de mon front.

Mon cerveau droit se concentre sur la plénitude de l'instant présent. Il jouit de ce qui fait la richesse de ma vie au quotidien. Éternellement satisfait, il ne renonce jamais à son optimisme. Il ne juge pas en termes de bien ni de mal ; tout existe de son point de vue dans un continuum ; tout est relatif. Il prend les choses comme elles viennent et s'adapte aux situations telles qu'elles se présentent. Il fait plus frais aujourd'hui qu'hier. Peu importe ! Il risque de pleuvoir ce matin. Quelle importance ? Il remarquera que telle personne est plus grande ou plus riche que telle autre sans en inférer un jugement de valeur pour autant. Mon hémisphère droit nous considère tous comme membres à part égale de la grande famille humaine. Mon cerveau droit ne perçoit pas les différences de type ethnique ou de religion, ou du moins il ne s'y arrête pas.

Mon hémorragie a été une bénédiction pour moi dans la mesure où elle m'a permis de « donner un coup de jeune » aux réseaux de neurones à l'origine de ma joie de vivre. Mon AVC m'a rendue libre d'explorer le monde qui m'entoure avec une curiosité enfantine. En l'absence de tout danger manifeste, je me sens en sécurité dans mon environnement et je sillonne la terre entière comme si je me promenais dans mon jardin. C'est mon hémisphère droit qui me souffle que nous formons ensemble la trame du canevas universel des potentialités de l'humanité, que la vie est belle et que tous les êtres qui peuplent notre planète sont merveilleux tels qu'ils sont.

Mon cerveau droit a un tempérament aventureux, sociable et généreux. Il se montre réceptif à la communication non verbale et aux émotions de mes proches. Il déborde d'empathie. Il se met au diapason de mon entourage et me donne le sentiment de fusionner avec l'univers entier. C'est dans mon hémisphère droit que résident mes tendances mystiques, ma sagesse, mes facultés d'observation, d'intuition, de clairvoyance. Mon cerveau droit en perpétuel éveil se laisse happer par l'écoulement du temps.

Mon hémisphère droit a pour tâche de renouveler mon point de vue sur les choses : il me permet de mettre à jour les « dossiers » de mon cerveau en rectifiant les informations dépassées. Petite fille, je ne prétendais pas avaler la moindre bouchée de potiron. Depuis, mon hémisphère droit m'a convaincue d'accorder une seconde chance au potiron et, aujourd'hui, j'en raffole. La plupart d'entre nous jugent en se plaçant du point de vue de leur hémisphère gauche sans nécessairement consentir à réviser leur opinion en « virant à droite » (c'est-à-dire en laissant parler leur hémisphère droit). Une fois qu'ils ont pris une décision, beaucoup d'entre nous s'y tiennent pour le restant de leurs jours. La plupart des hémisphères gauches dominants ne tiennent pas à partager l'espace limité qu'ils occupent à l'intérieur de notre crâne avec leur homologue droit beaucoup plus ouvert !

Mon cerveau droit se sent prêt à considérer n'importe quelle éventualité. Il ne permet pas aux conventions assimilées par mon hémisphère gauche de brider le flux de ma pensée. Mon cerveau droit ne répugne jamais à la nouveauté. Il témoigne d'une créativité admirable. Il sait que le chaos constitue la première étape nécessaire de tout processus d'invention. Il apprécie la capacité de mon organisme à se mouvoir avec fluidité dans son environnement. Il se montre attentif aux messages subtils que lui communiquent mes cellules, et qui se traduisent par ce que je nomme mon instinct. Il explore le monde par l'intermédiaire de mes cinq sens.

Mon cerveau droit jouit d'une entière liberté. Il ne se laisse pas entraver par mon passé. Il ne craint pas l'avenir. Il savoure mon existence au quotidien. Il se félicite de sentir mon corps en bonne santé. Il ne se soucie pas seulement de moi mais de la vitalité de ceux qui m'entourent, de notre bien-être à tous au sein d'une même société, et de notre relation avec notre mère la terre.

Mon cerveau droit sait que chaque cellule de mon corps (à l'exception des globules rouges) contient le même programme génétique que la première qui s'est formée quand l'un des spermatozoïdes de mon père a fécondé un ovule de ma mère. Mon cerveau droit me perçoit comme la force vitale qui émane des cinquante milliers de milliards de cellules composant mon organisme. (Et, d'ailleurs, il s'en réjouit telle-ment qu'il en entonne régulièrement les louanges !) Il affirme que nous sommes tous liés les uns aux autres en tant que représentants de l'espèce humaine. Il va de l'avant à son propre rythme sans jamais se départir de son enthousiasme.

Mon cerveau droit (d'autant plus libre qu'il ne s'attache à aucune limite) m'affirme que j'appartiens à un tout qui me dépasse. Nous sommes tous frères et sœurs sur cette planète dans la mesure où nous œuvrons tous à la transformer en un monde où il fera meilleur vivre. Mon cerveau droit s'intéresse à ce qui rapproche les unes des autres les créatures vivantes. Je souhaite de tout cœur qu'à votre tour vous laissiez s'exprimer la conscience de votre hémi-sphère droit.

J'ai beau admirer l'ouverture d'esprit et l'enthou-siasme dont témoigne mon cerveau droit en prenant la vie à bras-le-corps, mon hémisphère gauche ne me semble pas moins fascinant. Souvenez-vous que j'ai tout de même passé près d'une dizaine d'années à tenter de le ressusciter ! C'est lui qui associe les informations que me transmettent mes sens aux fabuleuses potentialités qui apparaissent à chaque instant à mon hémisphère droit pour en former une représentation de mon environnement qui me permette d'interagir avec lui.

Mon cerveau gauche me sert à communiquer avec le monde extérieur. Mon hémisphère droit pense par juxtaposition d'images tandis que mon hémisphère gauche réfléchit à l'aide d'un langage verbal. Il me parle sans cesse. Son babil me remémore en permanence à quoi ressemble ma vie en entretenant la conscience de mon identité. Si je me considère comme une entité solide indépendante du flux cosmique de l'univers et du monde infini qui m'entoure, c'est parce que le centre du langage de mon hémisphère gauche n'arrête pas de me rappeler qui je suis.

Notre hémisphère gauche est l'un des outils de traitement de l'information les plus aboutis qu'il se puisse concevoir. Il peut à bon droit se targuer de sa capacité à décrire, analyser et cataloguer absolument tout. Mon cerveau gauche s'épanouit en se livrant à des supputations et des calculs incessants. Peu importe que de la salive coule au coin de ma bouche, mon cerveau gauche ne s'arrête jamais de formuler des théories ni d'emmagasiner des informations. C'est un perfectionniste qui excelle à tenir un intérieur ou à gérer une entreprise. « Chaque chose a sa place, et donc, chaque chose à sa place ! », telle est sa devise. Alors que notre cerveau droit s'attache aux valeurs humaines, le gauche se souciera plutôt d'économie ou de finances.

Mon hémisphère gauche n'hésite pas à se charger de plusieurs corvées à la fois et il prend d'ailleurs plaisir à multiplier les activités. Entrepreneur, dynamique, il se jauge à l'aune du nombre de lignes qu'il a gagné le droit de biffer sur ma liste quotidienne de choses à faire. Il excelle en mécanique parce qu'il tient compte, dans ses raisonnements, de l'écoulement du temps. Sa propension à cataloguer les particularités de tout et n'importe quoi fait de lui un excellent bâtisseur.

Mon cerveau gauche identifie tout de suite les répétitions ; ce qui lui permet de traiter d'énormes quantités d'informations à une vitesse remarquable, alors que mon hémisphère droit, lui, présente une fâcheuse tendance à lambiner. Il arrive à mon cerveau gauche de frôler la surchauffe. Mon cerveau droit, au contraire, se laisse souvent aller à la paresse.

La rapidité plus ou moins grande dans l'analyse de données puis dans la formation des pensées qui en résultent (sous forme de langage verbal ou traduites en mouvements) de chacun de nos deux hémisphères s'explique par le type d'informations qu'ils traitent. Notre hémisphère droit ne perçoit du spectre lumineux que les longueurs d'onde les plus élevées ; ce qui lui donne une vision estompée, adoucie en quelque sorte, de notre environnement. Notre cerveau droit ne s'attache pas aux contours. Il se concentre sur l'ensemble du décor pour en conclure que « tout est lié ». Notre hémisphère droit enregistre les fréquences sonores les plus basses, qui correspondent au « bruit de fond » de notre organisme. Voilà pourquoi notre cerveau droit semble conçu sur le plan biologique pour surveiller notre état de santé physique.

Notre cerveau gauche analyse au contraire la partie du spectre lumineux qui correspond aux longueurs d'onde les plus courtes ; ce qui l'aide à mieux percevoir la frontière entre une chose et une autre. Notre hémisphère gauche n'a aucun mal à identifier les lignes de démarcation entre éléments voisins. Les centres du langage de notre hémisphère gauche se focalisent sur les fréquences sonores les plus élevées, d'où leur aptitude à interpréter le langage verbal.

Notre hémisphère gauche possède entre autres caractéristiques celle d'élaborer des scénarios. La partie de notre cerveau gauche qui nous « raconte des histoires » nous permet de trouver un sens au monde qui nous entoure à partir d'un minimum d'informations combinées en une structure temporelle cohérente. Plus impressionnant encore, notre hémisphère gauche excelle dans l'improvisation ; il comble les lacunes entre les données dont nous disposons. Lorsqu'il échafaude un scénario plausible, notre hémisphère gauche n'oublie jamais de nous en proposer d'autres en solution de remplacement. Et s'il traite d'un sujet qui nous touche (en bien comme en mal), il épuisera à coup sûr l'éventail des possibles en envisageant tous les « si » et les « mais ».

Au cours de mon rétablissement, j'ai passé beaucoup de temps à observer les centres du langage de mon hémisphère gauche en train de formuler des hypothèses à partir d'un minimum de données. Au début, les lubies de la petite voix qui me racontait des histoires en mon for intérieur m'ont paru plutôt comiques… jusqu'à ce que je me rende compte que mon hémisphère gauche espérait me voir prendre ses sornettes au sérieux ! Tout le temps qu'a duré le retour progressif à la vie de mon hémisphère gauche, il m'a semblé crucial de me rappeler que celui-ci se débrouillait de son mieux compte tenu des données dont il disposait. Je ne dois cependant pas perdre de vue qu'un abîme sépare ce que je sais de ce que je crois savoir. L'expérience m'a appris à me méfier de la propension de la petite voix qui me raconte des histoires à tourner au drame ou à monter en épingle les incidents qui émaillent mon quotidien.

Non content d'échafauder des contes à dormir debout qu'il prenait ensuite pour argent comptant, mon cerveau gauche manifestait une fâcheuse tendance à la redondance, c'est-à-dire à ressasser sans arrêt les mêmes idées. Beaucoup d'entre nous voient leurs pensées s'enchaîner sans répit et se surprennent plus souvent qu'à leur tour à imaginer des scénarios catastrophe. Hélas ! notre société n'apprend pas aux enfants à « cultiver le jardin de leur esprit ». En l'absence d'autodiscipline, nos pensées se succèdent les unes aux autres par automatisme. Comme personne ne nous enseigne à contrôler ce qui se passe à l'intérieur de notre crâne, nous demeurons vulnérables à ce que les autres pensent de nous ainsi qu'à la publicité et aux tentatives de manipulation de l'opinion par les politiques.

J'ai décidé de tirer une croix sur la partie de mon hémisphère gauche qui m'incitait à la mesquinerie, aux tracasseries incessantes et au dénigrement de moi-même et des autres. Entre nous, l'effet que produisait ce genre d'attitude sur mon organisme ne me plaisait pas du tout ! Mon cœur se serrait et ma tension artérielle grimpait en flèche au point que j'en attrapais mal au crâne. Mieux valait renoncer aux circuits neuronaux qui ravivaient en moi des souvenirs douloureux. La vie me paraît trop courte pour que je me soucie encore des souffrances qui appartiennent au passé.

J'ai découvert au cours du long processus de ma guérison que la part têtue, arrogante, persifleuse et envieuse de ma personnalité résidait dans le centre du « moi » de mon hémisphère gauche meurtri (qui m'incitait en outre à me montrer mauvaise perdante, rancunière, à mentir et même à nourrir des désirs de vengeance). Mon cerveau droit ne souhaitait en aucun cas que de tels traits de caractère se manifestent à nouveau. Au final, je suis parvenue (non sans mal) à ressusciter le centre du « moi » de mon hémisphère gauche sans que les anciens circuits neuronaux qui me déplaisaient retrouvent pour autant voix au chapitre.

17

Prenez-vous en main !

Je définirais la responsabilité comme la capacité de décider à tout moment de notre réaction aux stimuli que nous envoie notre environnement. Certains programmes de notre système limbique (à l'origine de nos émotions) se déclenchent par automatisme en libérant des substances chimiques qui se diffusent dans l'ensemble de notre organisme mais disparaissent en moins d'une minute et demie de notre circulation sanguine. Prenons l'exemple de la colère : il nous arrive de nous emporter comme par réflexe dans certaines circonstances. Des substances chimiques qui perturbent notre équilibre physiologique nous envahissent alors pendant une minute et demie. Elles se dissipent ensuite et notre réaction automatique n'a plus lieu d'être. En résumé : ma colère ne persiste plus d'une minute et demie que lorsque je laisse le circuit neuronal correspondant s'activer en boucle. Je n'en reste pas moins libre à tout moment d'attendre que ma réaction se dissipe en me concentrant sur l'instant présent plutôt que de me laisser happer par le fonctionnement répétitif de mes neurones.

Ce qu'il y a de bien, dans cette histoire de cerveaux droit et gauche, c'est que je dispose toujours de deux points de vue différents sur chaque situation. Libre à moi de voir mon verre à moitié vide ou à moitié plein. Imaginons que vous veniez à moi en fulminant. Soit je monterai à mon tour sur mes grands chevaux en me braquant contre vous (et en faisant appel à mon hémisphère gauche). Soit je vous témoignerai de l'empathie (grâce à mon hémisphère droit). La plupart d'entre nous ne se rendent pas compte de ce qui les pousse à opter pour telle ou telle réaction. Le « câblage » de notre système limbique a tellement tendance à programmer nos réactions que nous avançons souvent dans la vie en pilotage automatique. J'ai découvert que, plus les cellules de mon cortex supérieur se montraient attentives à ce qui se passait au sein de mon système limbique, mieux je maîtrisais mes pensées et mes sentiments. La surveillance des cellules responsables de mes réactions automatiques m'aide à maintenir mon emprise sur moi-même en m'amenant à prendre conscience des décisions de mon organisme. À long terme, j'assume ainsi la responsabilité de ce à quoi ressemble ma vie au quotidien.

Ces temps-ci, je réfléchis beaucoup à notre manière de réfléchir, justement, tant le cerveau humain me fascine. Comme l'a dit Socrate : « Une vie sans examen n'est pas une vie[1]. » Rien ne m'a plus donné confiance en moi que de me découvrir enfin libre de ne plus ressasser des pensées génératrices de souffrance. Bien entendu, il n'y a aucun mal à songer à ce qui nous attriste à condition de ne pas perdre de vue la possibilité qui nous est sans cesse offerte de ne plus activer les circuits de neurones correspondants. Cela m'a libérée de savoir que rien ne m'empêchait de chasser mes pensées négatives quand j'en avais assez. Quelle délivrance de me

---

1. Platon, *Apologie de Socrate* (Charpentier, 1869).

convaincre qu'il ne dépendait que de moi de me laisser envahir par l'amour et la quiétude (de mon hémisphère droit), peu importe ce qui m'arrivait ! Il me suffisait de « virer à droite » en me focalisant sur l'instant présent.

Je considère souvent mon entourage du point de vue exempt de tout jugement de mon hémisphère droit, ce qui me permet de conserver ma joie de vivre en échappant aux charges émotives trop fortes. Je reste en définitive la seule à décider de l'influence bonne ou mauvaise de tel incident sur mon humeur. Il n'y a pas très longtemps, je conduisais en chantant à tue-tête au son de l'un de mes disques préférés. À ma grande déconvenue, des policiers m'ont arrêtée pour excès de vitesse. (Il faut croire que mon enthousiasme dépassait les limites !) Depuis que j'ai dû régler la contravention, il m'a fallu me répéter une bonne centaine de fois au moins que je n'avais pas à me laisser abattre pour si peu. Une petite voix désapprobatrice n'arrêtait pas de s'élever en moi en cherchant à me saper le moral : elle voulait ressasser l'incident en long et en large alors que cela n'aurait rien changé ! Franchement, je considère ce genre de rumination de la part de mon hémisphère gauche comme une perte d'énergie épuisante sur le plan émotif. Depuis mon AVC, et, en somme, grâce à lui, j'ai appris à me prendre en main et à ne plus remâcher le passé en me concentrant au contraire sur le présent.

Cela dit, il arrive aussi que le désir me vienne de m'imposer en marquant mon individualité. Me heurter à des convictions opposées aux miennes lors d'une discussion enflammée peut me procurer une intense satisfaction. La réaction de mon organisme à mon agressivité a toutefois le don de m'irriter de sorte que je fuis en général la confrontation en optant plutôt pour la compassion.

Pour moi, cela va de soi de manifester de la sympathie aux autres : après tout, aucun de nous n'est venu au monde en possession d'un manuel lui expliquant l'art et la manière de se débrouiller dans la vie. Ne sommes-nous pas en dernière analyse le produit de notre héritage génétique autant que de notre environnement ? Quand je mesure la pesanteur du bagage émotionnel que nous sommes biologiquement programmés pour traîner après nous, j'aime autant témoigner de la compassion à mon entourage. J'admets tout à fait que l'erreur est humaine, ce qui ne signifie pas pour autant que je doive me poser en victime ou prendre contre moi les décisions des autres. Chacun sa croix ! Nous n'en gardons pas moins la possibilité d'atteindre la sérénité ou de témoigner de la gentillesse à autrui. Rien ne nous empêche de nous pardonner, à nous-même comme aux autres, d'ailleurs. Rien ne nous interdit non plus de considérer l'instant présent comme un pur moment de bonheur.

18

Les réseaux de neurones
à dimensions multiples

L'un de mes excellents amis, le Dr Jerry Jesseph, a pour maxime : « Mieux vaut prendre la paix intérieure pour point de départ que se la fixer pour objectif. » Selon moi, cela signifie qu'il est dans notre intérêt de nous laisser envahir autant que possible par la quiétude dans laquelle baigne notre hémisphère droit, et de n'utiliser les facultés de notre hémisphère gauche que pour interagir avec le monde extérieur. Le Dr Jesseph qualifie en outre la relation entre les deux moitiés de notre cerveau de « conscience duelle perméable ». Il me semble qu'il s'agit là d'un point de vue tout à fait pertinent sur la question : le corps calleux assure une liaison si étroite entre les deux hémisphères que chacun de nous se perçoit comme un seul et unique individu. Savoir que nous disposons de deux manières différentes d'être au monde nous donne bien plus d'emprise que nous ne l'aurions cru au départ sur ce qui se passe à l'intérieur de notre crâne !

Mon hémisphère gauche est redevenu opérationnel dès qu'il a de nouveau été en mesure de traiter des informations à une vitesse accrue. Depuis qu'il fonctionne comme par le passé, il a toutefois tendance à tourner à cent à l'heure. Inutile de préciser que la rivalité entre les centres du langage de mon hémisphère gauche et la paix intérieure de mon hémisphère droit n'a pas tardé à m'ancrer dans la dure réalité de toute condition humaine ! Au fond de moi, cela m'enthousiasme de me retrouver à nouveau sur les rails, mais cela me terrifie aussi.

La perte momentanée des facultés de mon cerveau gauche m'a incitée à considérer d'un œil bienveillant les victimes d'un traumatisme cérébral. Je m'interroge souvent sur ce que l'inaptitude à la communication verbale peut apporter en dépit de la souffrance qu'elle engendre. Je ne m'apitoie pas sur le sort de ceux qui ne sont pas comme moi ou que la société perçoit comme anormaux : ce n'est pas de la pitié qu'il leur faut ! Quelqu'un de différent ne m'inspire pas de répugnance mais une curiosité qui me donne envie de mieux le connaître. Ce qu'il y a d'unique chez cette personne me fascine et m'incite à établir un lien avec elle, quand bien même il ne s'agirait que d'un échange de regards ou de sourires.

Je prends ma vie en main à partir du moment où j'assume la responsabilité de ce qui m'arrive. En m'efforçant de conserver ma santé mentale (c'est-à-dire ma quiétude) dans un monde qui me semble plus souvent qu'à son tour en proie à une frénésie inquiétante, je tente en réalité, et non sans peine, de maintenir un équilibre harmonieux entre mes hémisphères droit et gauche. J'aime garder à l'esprit que je suis à la fois (selon la moitié de cerveau qui prédomine) aussi vaste que l'univers entier et rien de plus qu'un tas de poussière d'étoile.

Chacun de nous possède un cerveau unique. Je souhaiterais toutefois vous faire part de ce que j'ai découvert sur le fonctionnement du mien. Prendre conscience de mon influence sur mon entourage m'a permis de mieux maîtriser ce qui m'arrivait. L'attention soutenue que je prête à l'impact sur mon état de santé des événements qui me touchent de près m'aide à contrôler ma vie au quotidien. Je me sens aujourd'hui responsable des réactions que je suscite chez les autres. Je m'efforce de m'adapter de mon mieux à mon environnement. Loin de moi pourtant la prétention de maîtriser tout ce qui se passe dans ma vie ! Je n'en demeure pas moins libre en permanence de décider de ce que m'inspire telle ou telle péripétie de mon existence. Rien ne m'empêche de considérer un incident pénible comme une leçon de vie pour peu que je me raccroche aux valeurs de mon hémisphère droit.

Depuis le retour à la vie des centres du langage de mon hémisphère gauche, j'ai noté en eux une fâcheuse tendance à échafauder toutes sortes de contes à dormir debout et surtout à laisser des pensées pernicieuses s'enchaîner en boucle. Si je veux échapper à ces idées noires que mon hémisphère gauche prend un malin plaisir à ressasser, il est impératif que je les identifie au plus vite. Certains d'entre nous prêtent naturellement attention au discours que leur tient leur petite voix intérieure. Bon nombre de mes étudiants se plaignent cependant de l'effort mental qu'il leur faut fournir pour rester à l'écoute de leur cerveau. Nous devons nous armer de patience si nous voulons accorder à notre cerveau une oreille exempte de préjugés qui nous délivrera du regrettable penchant de notre petite voix intérieure à tout dramatiser.

Dès que je repère un circuit cognitif en train de s'activer dans mon cerveau, je me concentre sur ce que je ressens au plus profond de moi-même. Comment qualifierais-je mon état ? Mes pupilles se dilatent ? Le souffle me manque ? Mon cœur se serre ? La tête me tourne ? Mon estomac se noue ? L'anxiété me gagne ? Toutes sortes de stimuli sont susceptibles de mettre en branle les circuits de neurones qui suscitent en nous la crainte ou la colère, en provoquant une réaction physiologique type qu'il nous est par ailleurs loisible d'étudier.

Quand des réseaux de neurones que je ne parviens pas à contrôler prennent le dessus, j'attends une minute et demie que ma réaction émotive et physiologique se dissipe avant de m'adresser à mon cerveau sur le même ton qu'à une bande de gamins turbulents. Je lui dis, très sincèrement : « Je te suis reconnaissante de ta capacité à faire naître en moi des émotions mais celles que tu viens d'éveiller ne me disent rien qui vaille. Je te prie de passer à autre chose ! » Au fond, je demande à mon cerveau de ne plus stimuler les circuits de neurones à l'origine des pensées qui me perturbent. D'autres que moi s'y prennent autrement. Certains s'écrient tout bonnement : « Ça suffit ! Assez ! Tais-toi ! »

Mes protestations au nom de mon moi authentique ne suffisent pourtant pas toujours à en imposer à la petite voix intérieure de mon hémisphère gauche, qui ne fait en somme que son travail ! Celle-ci se montre plus réceptive au discours de mon hémisphère droit lorsque je prends un ton sincère venu du fond de mon cœur. Quand mon cerveau rechigne à m'obéir, j'agrémente mon message d'une composante kinesthésique : j'agite mon index ou je me plante les poings sur les hanches. Une mère qui réprimande son enfant redouble de persuasion en employant un ton courroucé qui lui permet de transmettre son message à différents niveaux de communication, verbale ou non.

Je demeure persuadée que 99,99 % des cellules de mon cerveau, et du reste de mon corps, désirent me voir heureuse et en bonne santé. La petite voix qui me raconte des contes ne semble hélas pas entièrement dévouée à mon bonheur : elle prend plaisir à remâcher des réflexions qui minent ma quiétude intérieure. J'ai donné un tas de noms d'oiseaux au groupe de cellules qui la commande. Une chose n'en reste pas moins certaine : elle ne manque pas de ressources quand il s'agit de me faire chuter le moral. C'est elle qui suscite en moi jalousie, peur et rage et qui exulte quand elle se plaint en gémissant à qui veut bien l'entendre que rien ne va comme il faudrait.

Dans certains cas extrêmes où les cellules de ma petite voix intérieure (qui s'exprime au nom du centre du langage de mon hémisphère gauche) persistent à me faire la sourde oreille, je demande à mon moi authentique de leur imposer un emploi du temps strictement surveillé. J'autorise ma petite voix à geindre tout son soûl de 9 heures à 9 h 30 mais si, par malheur, elle laisse passer l'occasion de se plaindre, je ne lui permets pas pour autant de s'épancher avant notre prochain rendez-vous. Mon cerveau a tôt fait de comprendre que je ne plaisante pas en affirmant ne pas vouloir remâcher des pensées déplaisantes (du moins à condition que je prête une attention soutenue et permanente à ceux de mes neurones qui se connectent en boucle).

Il me semble vital pour notre santé mentale de surveiller notre petite voix intérieure. Nous accomplirons un premier pas vers la quiétude quand nous cesserons de tolérer en nous l'expression de critiques ou de reproches incessants. Cela m'a redonné confiance d'apprendre que la partie de mon cerveau qui me raconte des contes n'est pas plus grosse qu'une cacahuète ! Imaginez un peu la belle vie que je menais quand ces maudites cellules s'étaient tues ! Recouvrer les facultés de mon hémisphère gauche m'a contrainte à donner de nouveau voix à l'ensemble de mes cellules. Dans l'intérêt de mon bien-être, il vaut toutefois mieux que je cultive le jardin de mon esprit en imposant un minimum de discipline à ma petite voix intérieure. C'est à ma conscience de lui enseigner ce qui me paraît acceptable ou pas. Comme, Dieu merci, nous communiquons ouvertement, toutes les deux, mon moi authentique garde son mot à dire sur ce qui se passe au sein de mon hémisphère gauche et je ne consacre au final que très peu de temps aux idées dont je ne veux pas ou qui ne me valent rien de bon.

Cela dit, je me trouve souvent bien obligée de subir les caprices de ma petite voix intérieure en réaction à mes directives. À l'instar de jeunes enfants, les cellules de mon hémisphère gauche remettent en cause l'autorité de mon moi profond en jetant le doute sur ma résolution. Quand je leur demande un peu de silence, elles se taisent un court instant avant de réactiver aussitôt ou presque les circuits de neurones défendus. Si je ne persiste pas dans mon désir de penser à autre chose en stimulant d'autres ensembles de cellules, celles que je ne veux pas voir prendre le dessus ne tardent pas à monopoliser de nouveau mon attention. J'en suis venue à dresser une liste d'expédients à même de les contrer : 1) Je me rappelle un sujet de réflexion fascinant sur lequel je prends plaisir à méditer, 2) je songe à quelque chose qui me rend follement heureuse ou 3) je pense à un projet qui me tient à cœur. Au pire, il me reste toujours la possibilité de me rabattre sur l'une de ces trois tactiques.

J'ai remarqué par ailleurs que mes idées noires pointent souvent le bout de leur nez quand je m'y attends le moins, en cas de fatigue par exemple. Plus je prête attention au discours que me tient mon cerveau et à ce que ressent mon organisme, plus mon emprise augmente sur les pensées que je nourris et sur ce que mon corps éprouve. Si je tiens à conserver ma paix intérieure, je dois accepter de cultiver sans relâche le jardin de mon esprit, et de renouveler ma décision un bon millier de fois chaque jour.

Nos modes de pensée prennent racine dans des circuits neuronaux à dimensions multiples qu'un peu de pratique nous apprend à examiner de près. N'importe quelle réflexion tourne autour d'un sujet précis qui occupe mon attention sur le plan cognitif. Prenons un exemple et mettons que je songe à ma chienne Nia, qui a passé le plus clair de ces huit dernières années sur mes genoux pendant que je rédigeais le livre que vous tenez entre les mains. L'idée de Nia correspond à un circuit de neurones spécifique dans mon cerveau. Leur activation peut éveiller, ou pas, une émotion en moi. En général, une immense joie m'envahit quand je songe à Nia dont l'affection m'a soutenue au long de mon rétablissement. Un lien étroit existe dans mon cerveau entre les neurones correspondant à Nia et à un sentiment de joie, qui se rattachent à leur tour à des circuits physiologiques complexes suscitant en moi telle ou telle réaction prévisible.

Bien souvent, quand je pense à Nia, je ne tiens plus en place et je me comporte en somme comme un jeune chiot : je prends une voix plus haut perchée que de coutume et mes pupilles se dilatent. Ma joie devient tangible et je frétille de plaisir. Il arrive à l'inverse que l'idée de Nia suscite en moi une profonde tristesse tant mon amie à quatre pattes me manque depuis sa disparition. Un nouvel ordre d'idées s'impose aussitôt et des larmes me brouillent la vue. Les neurones à l'origine de mon chagrin se connectent en boucle, mon cœur se serre, le souffle me manque et je me sens le moral au plus bas. Mes jambes flageolent, mon entrain fond comme neige au soleil et des idées noires me viennent.

Des sentiments d'une telle force peuvent s'imposer à ma conscience d'un instant à l'autre mais, au bout d'une minute et demie, c'est à moi de choisir quels circuits émotionnels je souhaite de nouveau activer. Il me semble indispensable à notre bien-être de surveiller le temps que nous consacrons à ruminer notre colère ou notre désespoir. Un surcroît d'émotions pénibles, qui façonnent au même titre que les autres le câblage de nos neurones, risque à terme de miner notre santé physique et mentale. Cela dit, il me semble essentiel d'accepter les réactions automatiques qui s'imposent à notre conscience. Quand mes neurones répondent sans intervention volontaire de ma part à telle ou telle situation, je leur suis reconnaissante de ne pas me laisser indifférente à ce qui m'arrive, puis je décide aussitôt de revenir en pensée au moment présent.

Il nous faut parvenir à un équilibre entre, d'une part, l'observation et, d'autre part, l'interaction avec notre cerveau à l'œuvre, si nous tenons à évoluer dans le bon sens. Bien que je me félicite de la capacité de mon cerveau à éprouver une foule d'émotions diverses, je prends garde au temps qu'il consacre à l'activation de tel ou tel circuit de neurones. La manière la plus saine, à ma connaissance, de dépasser une émotion consiste à y céder sans retenue quand celle-ci nous submerge. Lorsque je me trouve sous le coup d'une réaction automatique, je me résigne à voir le circuit neuronal correspondant s'activer pendant une minute et demie. Il me semble que l'on se guérit plus facilement de ses émotions à partir du moment où on les écoute et les accepte. L'intensité et la fréquence des plus pénibles tendent à décroître au fil du temps.

Les pensées influentes sont perçues comme telles dans la mesure où elles mettent en jeu une multitude de programmes émotifs et physiologiques. À l'inverse, les idées que nous qualifierions de neutres ne font appel qu'à des circuits peu élaborés. Garder en permanence un œil sur les neurones qui s'activent en nous éclairera d'un jour plus lumineux le câblage de notre cerveau, en nous permettant de cultiver plus harmonieusement le jardin de notre esprit.

Non contente de passer un temps fou à communiquer avec mes neurones, je ne cesse de témoigner mon affection aux cinquante milliers de milliards de cellules de mon organisme. Je leur suis tellement reconnaissante d'œuvrer à la poursuite de mon existence que je compte désormais sur elles pour me maintenir en parfaite santé. Chaque matin au réveil et chaque soir au moment de m'endormir, je serre mon oreiller contre moi (et mes mains l'une dans l'autre) en remerciant mes cellules de la formidable journée que je viens de passer grâce à elles. Je ne crains d'ailleurs pas de le leur dire à haute voix : « Merci, les filles ! Merci pour cette formidable journée de plus ! » La gratitude m'envahit et je prie mes cellules de me garder en forme en imaginant mes globules blancs sur le pied de guerre.

Je voue à mes cellules un amour inconditionnel. À tout moment de la journée, il m'arrive de les encourager avec chaleur. Ce sont elles qui me rendent capable de transmettre mon énergie à mon entourage. Quand mes intestins se vident, je leur sais gré de débarrasser mon organisme de ses déchets. Quand mon urine s'écoule, j'admire le volume de liquide que les cellules de ma vessie parviennent à emmagasiner. Quand je suis prise de fringale et que je n'ai rien à manger sous la main, je rappelle à mes cellules que je dispose de carburant sur mes hanches (sous forme de lipides). Quand je me sens menacée, je remercie mes cellules de m'inciter à prendre mes jambes à mon cou (ou adopter un profil bas en attendant de pouvoir riposter).

En somme, je reste toujours à l'écoute de mon corps. Quand je tombe de fatigue, j'accorde à mes cellules un temps de récupération. Quand la paresse me gagne, je les force à prendre un peu d'exercice. Quand j'éprouve une douleur quelconque, je me tais le temps de panser mes plaies en cédant à ma souffrance, ce qui lui permet de se dissiper plus rapidement. La douleur avertit notre cerveau qu'une partie de notre organisme vient de subir un traumatisme, et qu'il ferait bien d'en prendre note. Une fois parvenue à ma conscience, ma douleur a joué son rôle et si elle ne disparaît pas complètement, du moins elle s'estompe.

L'esprit humain qui exploite au maximum ses facultés de concentration se révèle l'un des outils les plus performants au monde. À l'aide d'un langage verbal, notre hémisphère gauche influe (en bien ou en mal) sur notre santé physique et notre rétablissement en cas de maladie. Mon ego dans le centre du langage de mon cerveau gauche tient lieu de « pompom girl en chef » à mes cinquante milliers de milliards de cellules. Je ne peux m'empêcher de penser que, quand je les encourage régulièrement par des « Allez, les filles ! », je provoque une espèce de vibration de tout mon organisme qui contribue à mon bien-être. À mon avis, il suffit que mes cellules soient heureuses et en bonne santé pour que, moi aussi, je connaisse le bonheur et la santé.

Il ne faudrait pas en déduire que même ceux qui souffrent d'une maladie mentale sont en mesure de décider ce qui se passe dans leur cerveau. Je reste persuadée que les symptômes des pathologies les plus graves ont une origine biologique, et proviennent du câblage de certains neurones comme de la nature et de la quantité des substances chimiques qui circulent dans l'encéphale. Les recherches scientifiques sur le fonctionnement du cerveau devraient bientôt nous permettre de préciser les origines neurologiques des maladies mentales. Plus nos connaissances s'affineront, mieux nous aiderons ceux qui souffrent à préserver la santé de leur esprit.

La guérison de nos neurones peut nécessiter de leur administrer des substances chimiques, de les soumettre à des électrochocs, ou même d'entamer une psychothérapie. Il me semble que n'importe quel traitement médical se doit de donner au patient un accès à la même réalité que les gens « normaux ». Voilà pourquoi je soutiens les efforts de ceux qui tentent d'établir des liens plus solides avec leur entourage. Hélas ! soixante pour cent des patients dont la schizophrénie a été diagnostiquée refusent encore de s'avouer malades. Ils ne cherchent donc pas à se soigner, ce qui ne les retient hélas pas, trop souvent, de se réfugier dans l'alcool ou la drogue. L'usage, même récréatif, de substances illicites nous empêche de partager la même expérience du réel que nos proches ; ce qui ne peut au final que nuire à notre bien-être.

Bien que certains défendent le droit à la folie, il me semble que tout le monde possède avant tout le droit de jouir d'une bonne santé mentale et de percevoir une réalité commune, quelle que soit la cause du traumatisme (cérébral ou pas) dont chacun de nous est susceptible de pâtir.

19

Trouver la paix intérieure

Mon AVC, et l'expérience intérieure qui en a découlé, m'a donné la chance inouïe de comprendre que la paix était à ma portée à tout moment. Parvenir à la quiétude ne nécessite pas de nager dans le bonheur en permanence mais simplement d'atteindre une relative tranquillité d'esprit parmi le chaos d'une existence normalement mouvementée. Beaucoup d'entre nous ont le sentiment qu'un abîme sépare leur raison pensante de leur cœur débordant de compassion. Certains parviennent à le franchir en un clin d'œil. D'autres s'abandonnent au contraire au désespoir au point que l'idée même de quiétude leur paraît incongrue, voire franchement menaçante.

Si je me fie à mon expérience, la paix intérieure provient d'un circuit de neurones dans le cerveau droit qui, parce qu'ils ne se reposent jamais tout à fait, restent susceptibles de prendre le pas sur les autres à tout moment. Notre sentiment de quiétude s'ancre dans l'instant présent. Il ne nous vient pas d'un souvenir du passé ni d'une projection dans l'avenir. Pour atteindre la paix intérieure, il me semble impératif de se laisser absorber par l'ici et maintenant.

À partir du moment où nous avons repéré dans quelles circonstances se déclenche le « programme » de la quiétude, plus rien ne nous retient d'y faire appel à tout moment. Il arrive que des pensées nous distraient en nous empêchant de prendre conscience de l'activation de certaines cellules. Il ne faut pas s'en étonner : nos sociétés occidentales attachent plus de valeur aux facultés actives de notre hémisphère gauche qu'à celles du droit, plus contemplatif. S'il vous semble malaisé de laisser s'exprimer votre hémisphère droit, c'est sans doute parce que vous avez trop bien retenu ce que l'on vous a enseigné toute votre enfance. Remerciez vos cellules de leur efficacité et, rappelez-vous, comme le dit mon amie le Dr Kat Domingo, que « l'éveil ne résulte pas d'un apprentissage mais, au contraire, d'un désapprentissage de ce que l'on croit savoir ».

Comme nos deux hémisphères contribuent ensemble à nous donner une perception continue de la réalité, nous faisons en pratique sans cesse appel à notre cerveau droit. Une fois que vous aurez appris à reconnaître les subtiles sensations qui se manifestent dans votre organisme quand vous demeurez concentré sur l'instant présent, vous pourrez vous entraîner à stimuler les neurones correspondants aussi souvent que vous le souhaiterez. J'aimerais maintenant vous faire part d'un certain nombre de techniques qui m'aident à reprendre contact avec la personnalité sereine de mon hémisphère droit en me focalisant sur l'ici et maintenant.

Ce qui me met sur la voie de la paix intérieure, c'est d'abord de me rappeler que j'appartiens à un tout qui me dépasse, à un flot d'énergie éternel dont je ne saurais me dissocier (voir le chapitre 2). Cela me rassure de me dire que je me rattache au flux cosmique de l'univers tout entier. Il me semble alors que le paradis m'attend sur terre. À quoi bon me sentir vulnérable si rien ne réussira jamais à me détacher du reste du monde ? Mon hémisphère gauche me considère comme un individu fragile qui risque fatalement, à un moment ou un autre, de perdre la vie. Mon hémisphère droit s'attache au contraire à l'essence éternelle de mon être. Il se peut que mes cellules meurent et que je cesse de percevoir la réalité tridimensionnelle qui m'entoure. Peu importe ! Mon énergie se diluera dans le vaste monde qui m'environne. Tant que je ne perdrai pas de vue une telle idée, je ne pourrai que me réjouir du temps qu'il me reste à passer sur cette terre, et me consacrer tout entière au bien-être des cellules qui maintiennent en forme mon organisme.

Si nous voulons revenir à l'instant présent, nous devons à tout prix ralentir le cours de nos pensées. Dites-vous pour commencer que rien ne presse. Votre hémisphère gauche réfléchit à toute allure en analysant une foule de données tandis que votre hémisphère droit, lui, ne se défait jamais d'une certaine langueur.

En ce moment même, que faites-vous en dehors de me lire ? Des soucis vous rongent-ils ? Surveillez-vous l'heure ? Vous trouvez-vous dans un lieu bruyant ? Songez un peu à tout ce qui est susceptible de vous déconcentrer. Remerciez votre cerveau des services qu'il vous rend et demandez-lui de se taire un instant. Il ne s'agit pas de chasser vos pensées habituelles mais simplement de presser le bouton « pause » quelques minutes. Ne vous inquiétez pas : vos idées ne vont pas s'évaporer dans les airs ! Quand vous consentirez de nouveau à tendre l'oreille à votre petite voix intérieure, celle-ci reprendra aussitôt la parole.

Quand nous activons certains circuits de neurones en ressassant les mêmes pensées en boucle, nous fuyons l'instant présent. Nous songeons à un événement passé ou qui risque de se produire à l'avenir et notre corps a beau se trouver là, notre esprit, lui, vagabonde quelque part ailleurs. Si nous voulons revenir au présent, nous devons convaincre notre conscience de se détacher des idées répétitives qui nous distraient de l'ici et maintenant.

Concentrez-vous, si vous le voulez bien, sur votre respiration. La lecture de mon livre a dû vous détendre un minimum ! Inspirez à fond. Allez-y, tout va bien ! Gonflez vos poumons d'air. Que se passe-t-il à l'intérieur de votre corps ? Avez-vous trouvé une position confortable ? À moins que votre estomac ne vous tiraille ? L'envie vous démange de passer aux toilettes ? Vous avez la gorge sèche ? Vous sentez-vous fatigué dans l'ensemble ou plutôt frais et dispos ? Votre nuque vous semble-t-elle raidie ? Chassez les idées parasites et opérez un retour sur vous-même. Où vous tenez-vous assis ? Dans quelles conditions d'éclairage ? Votre environnement immédiat vous plaît-il ? Inspirez de nouveau à pleins poumons. Détendez-vous ! Décrispez votre mâchoire, effacez ce pli qui vous barre le front. Réjouissez-vous de votre condition. Félicitez-vous d'être en vie ! Laissez-vous envahir par la gratitude.

Ce qui m'aide à retrouver la sérénité de mon hémisphère droit, c'est aussi d'étudier la manière dont mon cerveau agence les informations qui lui parviennent en schémas qui lui serviront par la suite de modèle de traitement des données. Je ne me concentre pas seulement sur ce que m'indiquent mes sens mais aussi sur ce qui se produit au sein de mon organisme quand tel ou tel circuit de neurones se met en branle sous l'influence des stimuli de mon environnement. Je ne cesse en somme de me demander : Qu'est-ce que je ressens quand il m'arrive telle ou telle chose ?

Manger ou boire ou encore jouir d'une excellente humeur nous rattache à l'instant présent.

Les récepteurs sensoriels de notre bouche nous permettent de distinguer une incroyable variété de goûts, de textures et de températures. N'hésitez pas à noter les sensations que vous procure tel ou tel aliment. Attachez-vous à la consistance de ce que vous avalez. Que prenez-vous plaisir à manger ? Pour quelle raison ? Je raffole pour ma part des petites boules gélatineuses du pudding au tapioca mais rien ne me plaît plus que de sentir de la purée de pommes de terre s'écraser contre mon palais sur le bout de ma langue. Votre mère vous a sans doute interdit de jouer avec la nourriture quand vous étiez petit. Il me semble toutefois que, tant que vous ne vous amusez que dans l'intimité de votre salle à manger, il n'y a rien à y redire ! Une chose est sûre : se divertir avec le contenu de son assiette représente un excellent moyen d'évacuer le stress ou l'anxiété !

Il me paraît essentiel de tenir compte de l'impact physiologique que tel ou tel type d'aliment exerce sur notre corps comme sur notre esprit. Sans négliger pour autant la valeur nutritive de ce que vous mangez, intéressez-vous à ce que vous ressentez à table. Quand je consomme du sucre blanc ou de la caféine, je ne tiens plus en place ! Comme ça ne me plaît pas du tout, j'aime autant les bannir de mon alimentation. Les fruits ou les viandes qui contiennent du tryptophane (un acide aminé), tels que les bananes ou la dinde, augmentent mon taux de sérotonine et m'apaisent. Je les privilégie quand je désire me concentrer calmement.

La plupart des hydrates de carbone se transforment rapidement en sucre dans mon organisme, en me plongeant dans une profonde torpeur qui perturbe le fonctionnement de mon cerveau. Je n'apprécie pas non plus les variations du taux d'insuline qui résultent de l'ingestion de glucides, ni la sensation de manque qui en découle. Par contre, je raffole des protéines qui m'apportent de l'énergie sans troubler mon équilibre émotionnel. Il se peut que votre corps réagisse différemment à tel ou tel type d'aliments. Peu importe ! Un régime équilibré ne suffit pas : il vous faut aussi prendre garde à la manière dont vous brûlez les calories et surtout aux sensations liées à la consommation de chaque plat.

L'un des moyens les plus efficaces à ma connaissance de modifier notre humeur (en bien ou en mal) consiste à titiller notre odorat. Une sensibilité accrue aux odeurs risque de compliquer votre adaptation quotidienne à votre environnement. Rien de plus facile, en revanche, que de nous en remettre à notre nez pour nous ancrer dans l'instant présent. Allumez une bougie parfumée : son arôme de vanille, de rose ou d'amande diminuera votre anxiété en dissipant vos idées noires. Quand une odeur quelconque vous chatouille les narines, concentrez-vous dessus et tentez d'identifier sa provenance. Attribuez-lui une note de 1 à 10 sur l'échelle du plaisir (ou du dégoût) qu'elle vous procure. N'oubliez pas de prêter attention aux changements physiologiques qu'elle provoque en vous. Et, surtout, laissez-vous happer par l'ici et maintenant !

Votre odorat manque de finesse ? Tant que les neurones correspondants n'auront pas subi de lésions irréversibles, il vous restera une chance de le développer. Quand vous prêtez attention aux odeurs qui vous environnent, vous indiquez à votre cerveau l'importance que vous attachez aux connexions de neurones qui se forment à ce moment-là. Si vous voulez affiner votre odorat, humez l'air en permanence ! Faites comprendre à vos cellules qu'il vous tient à cœur de les voir améliorer leurs performances. À partir du moment où vous analyserez l'air que vous respirez en vous focalisant sur votre odorat, les connexions correspondantes entre vos neurones se renforceront automatiquement.

L'on peut dénombrer, pour simplifier, deux manières distinctes de se servir de ses yeux. Attardez-vous un instant sur la vue qui s'offre à vous. Que distinguez-vous ? Votre hémisphère droit considère votre environnement dans son ensemble. Il le perçoit comme un tout où tout est d'ailleurs lié. Il ne s'arrête pas aux détails. Votre hémisphère gauche, lui, se concentre sur les contours des différents éléments afin de délimiter chacun de ceux qui composent le paysage.

Quand je laisse errer mon regard au sommet d'une montagne, mon hémisphère droit s'émerveille du panorama grandiose qui s'offre à moi. La majesté du paysage m'en impose. Je me sens alors bien humble face aux merveilles que recèle notre planète. Je me souviendrai plus tard de cet instant en convoquant l'image visuelle qui m'en est restée ou les sensations qui l'ont accompagnée. Mon hémisphère gauche se comporte différemment. Il s'intéresse aux diverses essences d'arbres, à la couleur du ciel, au chant des oiseaux. Il identifie les types de nuages, repère les lignes de crête et prend note de la fraîcheur de l'air.

Arrêtez-vous un instant de lire. Fermez les yeux en essayant d'identifier trois bruits qui vous parviennent. Allez-y ! Détendez-vous. Qu'entendez-vous ? Au loin ? Près de vous ? Je me trouve en ce moment au centre musical de Rocky Ridge, dans les montagnes Rocheuses. Un torrent coule en bruissant sous ma fenêtre. Quand je me concentre sur les sons qui retentissent dans le lointain, je distingue des mélodies de morceaux classiques que de jeunes enfants s'exercent à jouer sur leurs instruments. Je perçois aussi le bourdonnement du radiateur qui me réchauffe à mes pieds.

Écouter de la musique qui vous fait vibrer (sans porter de jugement sur sa valeur intrinsèque) constitue un autre moyen efficace de vous ancrer dans le présent. Laissez la mélodie vous émouvoir mais aussi vous mouvoir. Autorisez-vous à vous balancer en rythme, à danser même ! Surmontez vos complexes. Laissez les cascades de notes vous étourdir !

Bien entendu, le silence aussi peut s'avérer merveilleux. J'aime beaucoup plonger mes oreilles sous l'eau de mon bain en m'isolant ainsi des bruits extérieurs. Je prête alors attention au murmure de mon organisme et je loue mes cellules de leurs efforts incessants pour me maintenir en vie. Le moindre excès de stimuli auditifs me fatigue, or il est de ma responsabilité de préserver mon cerveau de la surchauffe. Il m'arrive souvent de travailler ou de voyager avec des boules Quies qui, plus d'une fois, m'ont évité de devenir folle !

Notre organe sensitif le plus développé reste encore notre peau. À l'instar de notre cerveau (équipé d'un assortiment complet de neurones à l'origine de nos réflexions, de nos émotions ou de nos réactions physiologiques complexes), notre peau dispose de récepteurs spécifiques à une infinie variété de stimuli. Chacun de nous a sa manière unique de réagir à une pression plus ou moins appuyée, à la chaleur, au froid ou à la douleur. Il y en a qui prennent plus vite leur parti que d'autres des perturbations de leur environnement. Bien que la plupart d'entre nous ne pensent plus beaucoup à leur tenue, une fois leurs habits enfilés, certains demeurent si sensibles à leur texture ou leur poids qu'il leur devient difficile de se concentrer sur autre chose. Je n'oublie jamais de remercier mes cellules de leur faculté d'adaptation aux stimuli qui bombardent sans relâche mes récepteurs sensoriels. Imaginez un peu le bouillonnement de notre esprit si nous ne parvenions pas à en faire abstraction !

J'aimerais, si vous le voulez bien, que vous interrompiez de nouveau votre lecture. Fermez les yeux et songez aux informations que votre peau vous transmet en cet instant. L'air vous semble-t-il frais ou pas ? Et vos habits ? Est-ce qu'ils vous grattent ? Votre animal de compagnie se frotte-t-il contre vous ? Songez à votre épiderme. Sentez-vous vos lunettes peser sur l'arête de votre nez ? Ou vos cheveux pendre sur vos épaules ?

Dans une perspective thérapeutique, il n'y a sans doute rien de plus intime qu'un contact physique avec un autre être humain, un animal de compagnie ou même une plante verte ! Notre organisme retire un bénéfice inestimable des soins qu'il procure et que lui-même reçoit. Une simple douche où nous sentons l'eau couler sur notre corps nous offre une formidable occasion de jouir de la plénitude de l'instant présent. Se déplacer dans une piscine à la température idéale stimule agréablement notre peau. Je vous recommande la pratique des activités qui vous ramènent à la quiétude de l'ici et maintenant. Exercez-vous à repérer les circonstances les plus à même de stimuler vos circuits neuronaux. Et n'oubliez pas d'encourager ces derniers à s'activer le plus souvent possible !

Les massages présentent eux aussi de multiples avantages. Ils nous aident à relâcher notre tension musculaire en accélérant la circulation des fluides entre nos cellules, qui évacuent ainsi mieux leurs déchets. Je préconise pour ma part n'importe quel type de stimulation en mesure d'améliorer leurs conditions de fonctionnement.

J'aime énormément marcher sous la pluie : il s'agit là d'une expérience qui touche l'ensemble de mes sens et m'émeut au plus profond de mon être.

Le crépitement des gouttes d'eau sur mon visage me ramène aussitôt à la paisible innocence de mon hémisphère droit et un sentiment de pureté ne tarde pas à m'envelopper tout entière. La chaleur du soleil sur ma peau ou le souffle de la brise sur mes joues me rattachent à la partie de moi-même qui ne forme qu'un avec tout ce qui vit à la surface du globe. J'adore me tenir les bras écartés au bord de l'océan, les cheveux volant au vent. Il me suffit ensuite de me remémorer les senteurs, les bruits et les sensations qui se produisent au plus profond de mon être dans la plénitude d'un tel instant pour m'y transporter de nouveau en pensée.

Plus finement nous prenons note des sensations de notre organisme dans telles ou telles circonstances, plus il devient facile à notre cerveau de se rappeler le moment où elles nous ont envahi. Substituer des souvenirs agréables à des idées malvenues nous mène en général à la paix intérieure. Et, même s'il nous est loisible de nous remémorer telle ou telle expérience à partir des données kinesthésiques qui lui sont liées, rien n'est aussi efficace que de nous rappeler ce que nous avons ressenti à un tel moment au plus profond de nous.

Je ne saurais me résoudre à conclure ce chapitre sur le bon usage de la stimulation sensorielle (c'est-à-dire sur sa capacité à nous ancrer dans l'instant présent) sans aborder la question de l'intuition et de la dynamique énergétique. Ceux d'entre vous qui possèdent un hémisphère droit à la sensibilité développée savent de quoi je parle. Je me rends cependant bien compte que si notre hémisphère gauche ne perçoit ni le goût ni l'odeur d'un objet, s'il ne l'entend pas et ne le voit pas non plus, son existence même nous paraît douteuse. Notre cerveau droit est capable de déceler de l'énergie à un niveau plus subtil que notre cerveau gauche. J'espère que parler d'intuition et d'une sorte de « sixième sens » ne vous mettra plus mal à l'aise maintenant que vous saisissez un peu mieux les distinctions fondamentales entre la manière dont chacun de nos deux hémisphères contribue à notre perception unique et continue du réel.

Nous ne saurions négliger notre capacité à détecter l'énergie qui nous entoure et à la traduire en impulsions neurologiques : c'est elle qui explique notre dynamique énergétique interne aussi bien que nos facultés intuitives. Devinez-vous quelle ambiance règne parmi un groupe de personnes dès que vous en approchez ? Vous demandez-vous jamais pourquoi il vous arrive de prendre peur sans raison apparente ? Notre hémisphère droit interprète les bouleversements énergétiques que nous percevons à un niveau inconscient.

Depuis mon AVC, je me fie beaucoup à ce que m'inspirent au premier abord les personnes que je croise, les lieux où je me trouve et les objets qui m'entourent. Si je souhaite que s'exprime mon hémisphère droit intuitif, il faut que je mette en veilleuse mon hémisphère gauche pour éviter que ma petite voix intérieure ne me noie sous son flot de paroles. Je ne me demande plus pourquoi certaines personnes m'attirent alors que d'autres me répugnent. Je me contente de me fier à mon sixième sens.

Mon cerveau droit tient compte des enchaînements de cause à effet. Dans un monde où tout est énergie (et où la moindre variation énergétique en entraîne forcément une autre), il me semblerait pour le moins naïf de mépriser le « flair » de mon hémisphère droit. Si, pour choisir un exemple, je tire à l'arc, je ne me contente pas de me concentrer sur la cible, je me figure le trajet que devra accomplir ma flèche. Je me représente la force musculaire qu'il me faudra déployer en m'attachant à la fluidité de mes gestes plus qu'à leur résultat final. Il se trouve que mes mouvements gagnent en précision quand je me les imagine à l'avance. Si vous pratiquez un sport, vous disposez de différentes manières de percevoir votre objectif par rapport à vous. Libre à vous de vous intéresser à ce qui vous en sépare, vous voilà au point A alors que vous visez le point B. Libre à vous aussi de vous figurer que vous fusionnez avec votre but et l'ensemble des molécules qui vous coupe encore de sa réalisation.

Notre hémisphère droit se forme une image d'ensemble de la réalité. Il sait que tout ce qui nous entoure, comme tout ce qui se trouve en nous, se compose de particules énergétiques qui tissent ensemble la trame du canevas de l'univers. Un lien étroit rattache mon organisme à mon environnement au niveau atomique. Quand je pense à vous, que je vous envoie de bonnes ondes ou que je prie pour vous, je vous transmets mon énergie dans une intention bienfaisante. Si je médite sur ce qui vous arrive ou que j'impose mes mains sur une plaie de votre corps, je rassemble mon énergie en vue de votre guérison. Ce qui permet au feng shui, à l'acupuncture ou à la prière (pour n'évoquer que quelques exemples parmi tant d'autres) d'obtenir des résultats probants demeure un mystère dans la mesure où ni la science ni notre hémisphère gauche n'ont vraiment compris les vérités communément admises à propos du fonctionnement de notre hémisphère droit. Il me semble toutefois que nos cerveaux droits savent très bien, eux, par quel « miracle » ils interprètent les dynamiques énergétiques.

Laissons maintenant de côté nos sens. La capacité de notre système moteur à nous ramener à l'instant présent est loin d'être négligeable pour peu que nous l'utilisions à bon escient. Détendre volontairement des muscles que nous avons tendance à contracter nous aide à libérer notre énergie et à nous sentir mieux. Je veille sans cesse à la tension des muscles de mon front et, quand je ne parviens pas à m'endormir le soir, je relâche ma mâchoire avant de sombrer aussitôt dans les bras de Morphée. La surveillance permanente de l'état de vos muscles vous fournira un excellent moyen de vous concentrer sur l'ici et maintenant. Il vous suffit de les contracter, ou non, selon les circonstances.

Beaucoup d'entre nous pratiquent une activité physique afin de se changer les idées. Le yoga, l'intégration fonctionnelle et le tai-chi-chuan constituent de formidables méthodes de développement personnel et de relaxation. Le sport (à ne pas confondre avec la compétition !) nous fournit aussi une excellente occasion de reprendre contact avec notre corps en échappant à l'emprise de notre hémisphère gauche. Vous promener dans la nature, chanter, pratiquer un loisir créatif ou jouer de la musique vous permettra également de percevoir la richesse de l'instant présent.

Un autre expédient pour échapper à la rumination de notre hémisphère gauche consiste à le prier tout bonnement de chasser les pensées nocives qui nous perturbent. On ne saurait sous-estimer l'efficacité des incantations répétitives telles que les mantras (un terme qui signifie littéralement « lieu de repos de l'esprit »). Il me suffit de respirer à pleins poumons en répétant « Je déborde d'allégresse » ou « Je ne désire rien de plus que ce que je possède » ou encore « Je suis l'un des merveilleux enfants de notre mère la terre » pour basculer aussitôt dans la conscience de mon hémisphère droit.

Le recours à la méditation (qui me conduit à un enchaînement d'idées riches en émotion) me fournit encore un autre moyen d'éloigner de ma conscience les pensées dont je ne veux pas. La prière, par laquelle nous substituons un ordre de réflexion à un autre, nous permet elle aussi d'échapper au piège du ressassement au bénéfice de notre tranquillité d'esprit.

Personnellement, je raffole des bols chantants et des magnifiques coupes en cristal dont les puissantes vibrations se répercutent au plus profond de mon être. Comment mes soucis pourraient-ils continuer à m'obscurcir les idées à partir du moment où un bol chantant retentit à côté de moi ?

Tous les jours, je tire les cartes du « tarot des anges » (commercialisées sous le nom d'*Angel Cards*, www.innerlinks.com), afin de ne pas perdre de vue mes valeurs. Le matin, quand je me lève, j'invite un ange gardien à veiller sur moi en retournant l'une des cartes du jeu : un terme y figure, qui nourrira ma réflexion le restant de la journée. Si je me sens tendue ou que je dois passer un coup de fil important, je tire une nouvelle carte qui m'aide à me concentrer. Je cultive ma disponibilité d'esprit afin d'accueillir absolument tout ce que le monde extérieur peut m'apporter : les occasions qui s'offrent à moi quand je m'efforce de garder l'esprit le plus ouvert possible me réussissent en général. On trouve sur les cartes du « tarot des anges » des termes comme enthousiasme, abondance, connaissance, clarté, intégrité, jeu, liberté, responsabilité, harmonie, grâce ou encore naissance. Tirer les cartes du « tarot des anges », voilà en résumé l'un des moyens les plus simples et les plus efficaces à ma connaissance pour échapper aux jugements incessants de mon hémisphère gauche.

Si je devais choisir un mot pour qualifier l'état d'esprit de mon hémisphère droit, j'opterais pour celui de « compassion ». Je vous invite à vous demander ce qu'une telle notion signifie pour vous. Dans quelles circonstances témoignez-vous de la compassion à autrui ? Que ressentez-vous alors au plus profond de vous ?

La plupart du temps, seuls ceux que nous plaçons sur un pied d'égalité avec nous suscitent notre compassion. Plus nous combattrons la tendance de notre ego à se croire supérieur, plus nous déborderons de générosité. Quand nous manifestons de la compassion à quelqu'un, nous nous abstenons de porter un jugement sur lui en lui réservant au contraire notre sympathie (lorsque nous ouvrons notre cœur à un sans-abri ou à un malade mental au lieu de fuir par crainte ou par dégoût, ou de nous tenir sur la défensive par exemple). Réfléchissez un peu à la dernière occasion où votre compassion s'est éveillée. Qu'a ressenti votre organisme ? La compassion nous ancre dans l'instant présent en cultivant notre ouverture d'esprit et notre volonté de tendre la main à notre prochain.

S'il me fallait qualifier ce que je ressens au plus profond de mon hémisphère droit, j'emploierais le terme de « joie ». Mon hémisphère droit exulte à la seule idée d'être en vie ! Quel n'est pas mon émerveillement quand je songe qu'il est en mon pouvoir de fusionner avec le reste de l'univers en conservant par ailleurs une identité individuelle qui me permet d'évoluer dans le monde en le transformant selon ma volonté !

Si la notion même de joie vous paraît incongrue, rassurez-vous : les circuits de neurones à l'origine d'une telle émotion n'ont pas disparu de votre cerveau pour autant. La suractivité de vos cellules génératrices d'anxiété ou de crainte les inhibe tout simplement. Comme j'aimerais que vous puissiez à votre tour vous débarrasser de votre bagage émotionnel pour retrouver votre joie spontanée d'être au monde ! Le secret de la quiétude consiste à chasser les pensées angoissantes qui nous distraient de l'ici et maintenant et des messages que nous transmettent en permanence nos cinq sens. Notre désir de paix doit prendre le pas sur notre attachement à notre souffrance ou à notre ego ou encore sur notre envie de l'emporter à tout prix. Comme le dit cette petite phrase qui me plaît beaucoup : « Vaut-il mieux avoir raison ou être heureux ? »

En ce qui me concerne, j'apprécie beaucoup les sensations physiologiques que me procure ma joie de vivre ; c'est pourquoi je stimule souvent les circuits de neurones qui l'éveillent. Plus d'une fois, je me suis demandé : Si chacun de nous a le choix, pourquoi tout le monde n'opte-t-il pas pour le bonheur ? Je ne peux qu'émettre des hypothèses mais il me semble que nombre d'entre nous ne se rendent pas compte que le choix leur appartient, ce qui fait qu'ils n'en profitent pas. Avant mon AVC, je me considérais comme un produit de mon cerveau et jamais je n'aurais cru avoir mon mot à dire sur ma réaction aux émotions qui me submergeaient. À un niveau intellectuel, je me savais capable d'orienter le cours de mes pensées mais il ne me serait pas venu à l'idée que je pouvais décider de ce qu'éveillait en moi tel ou tel état d'esprit. Personne ne m'avait avertie qu'il ne fallait qu'une minute et demie aux substances chimiques que sécrète mon organisme pour se dissiper en me laissant de nouveau libre. Vous n'imaginez pas le bouleversement qu'une telle prise de conscience a marqué dans ma vie !

Il me semble que certains ne font pas le choix du bonheur en raison du sentiment de puissance que leur procurent des émotions aussi fortes que la colère ou la jalousie. J'en connais qui décident de temps à autre de se mettre en rogne dans la seule intention de se sentir à nouveau eux-mêmes.

Il m'est aussi facile de stimuler le circuit neuronal de la joie que celui de la hargne. D'un point de vue biologique, mon hémisphère droit baigne en permanence dans la quiétude. Les cellules qui la suscitent en moi ne cessent jamais de s'activer, ce qui m'offre la possibilité de renouer à tout moment avec mon allégresse spontanée. Les neurones à l'origine de ma colère ne fonctionnent pas sans arrêt mais la moindre menace suffit hélas à les activer. Cependant, rien ne m'empêche de savourer ma joie de vivre, sitôt passée ma réaction physiologique initiale.

En dernier ressort, ce que nous ressentons n'est autre que le résultat de notre activité cellulaire et le produit de notre câblage neuronal. À partir du moment où vous avez repéré l'influence de tel ou tel circuit de neurones sur l'ensemble de votre organisme, plus rien ne vous retient de choisir votre manière d'être au monde. Les sensations qu'engendrent en moi la peur ou l'anxiété me hérissent. Quand de telles émotions me submergent, je me sens mal à l'aise au point de ne plus me supporter moi-même, ce qui m'incite à ne pas stimuler trop souvent les circuits de neurones qui en sont à l'origine.

J'aime définir la peur comme « une illusion trompeuse que nous avons le malheur de confondre avec la réalité ». Je n'oublie jamais que mes pensées ne naissent que de processus physiologiques transitoires. Que ma petite voix intérieure monte donc sur ses grands chevaux si le cœur lui en dit ! Je garde conscience de ne former qu'un avec le reste de l'univers. Aussi la notion même de peur ne signifie-t-elle plus grand-chose pour moi. Assumer la responsabilité des circuits de neurones que je mets en branle me met à l'abri de réactions colériques trop impétueuses ou trop promptes. Comme je ne tiens pas à prendre peur ou à me mettre en rage trop souvent, j'aime autant renoncer aux films d'épouvante ou me passer de la compagnie de personnes au caractère soupe au lait. Mon mode de vie façonne mon câblage neuronal au quotidien. Vu que j'aime me sentir le cœur en joie, je recherche plutôt la société de ceux qui apprécient à sa juste valeur ma joie de vivre.

Comme je l'ai dit plus tôt, la douleur physique correspond à un simple phénomène physiologique : elle avertit notre cerveau d'un traumatisme que vient de subir notre organisme. Il faut à tout prix prendre conscience que l'on peut très bien éprouver une douleur physique sans pour autant se laisser envahir par une souffrance émotive. Rappelez-vous le courage de certains enfants quand ils tombent malades : leurs parents réveillent leurs propres circuits neuronaux générateurs d'inquiétude tandis que leur petit prend son parti de sa maladie sans pour autant en faire un drame. La douleur ne relève pas d'un choix conscient alors que la souffrance, si. Quand un enfant tombe malade, le chagrin qu'il cause à ses parents lui pèse souvent plus que ses propres symptômes.

La même remarque s'applique à tout le monde. Prenez garde aux neurones que vous stimulez quand vous rendez visite à quelqu'un de mal en point. La mort est le résultat d'un processus naturel auquel aucun d'entre nous n'échappera. N'oubliez pas qu'au plus profond de votre hémisphère droit (et donc de votre « cœur ») réside une paix éternelle. Le moyen le plus évident à mon sens de retrouver la paix en toute humilité consiste à nourrir un sentiment de gratitude. Quand je me félicite d'être en vie, eh bien la vie me paraît merveilleuse !

20

Cultiver le jardin de son esprit

Mon AVC (et tout ce qui en a découlé) m'a tant appris que je le considère aujourd'hui comme une chance inouïe. Mon traumatisme cérébral m'a offert une fabuleuse opportunité de comprendre le fonctionnement de mes neurones, à la réalité duquel je n'aurais sans doute jamais cru dans d'autres circonstances. Je me féliciterai toute ma vie des découvertes qu'il m'a été donné de faire à cette occasion, dans mon propre intérêt mais aussi parce qu'elles suscitent en nous, en tant que membres d'une seule et même société, l'espoir de mieux maîtriser notre comportement.

Je vous remercie d'avoir bien voulu m'accompagner tout au long de mon périple. J'espère de tout cœur que, quelles que soient les circonstances qui vous ont incité à ouvrir ce livre, vous le refermerez en comprenant mieux comment opère le cerveau humain. Je reste persuadée (du moins, mon hémisphère droit me persuade) que vous n'allez pas tarder à en parler à tous ceux et celles qui pourraient en tirer profit à leur tour.

Je conclus toujours mes e-mails par une citation d'Einstein. Il me semble qu'il avait tout compris quand il a écrit : « Je dois être prêt à renoncer à ce que je suis pour devenir ce que je serai à l'avenir. »

J'ai appris dans la douleur que ma faculté d'être au monde reposait sur l'intégrité de mon câblage neurologique. La conscience qui habite mon cerveau correspond au fruit du travail collectif de ces fantastiques entités microscopiques que sont mes cellules, qui tissent ensemble la trame de mon esprit. Grâce à leur plasticité, à leur capacité d'établir de nouvelles connexions entre elles, vous et moi évoluons sur la même planète en gardant à tout moment la possibilité de nous adapter aux changements de notre environnement et de décider de ce que nous voulons devenir. Heureusement, les choix pour lesquels nous avons opté par le passé ne déterminent pas nécessairement ceux que nous formulons aujourd'hui.

Je considère le jardin de mon esprit comme une parcelle sacrée de terrain cosmique que l'univers m'a confiée pour que je l'entretienne d'un bout à l'autre de mon existence. En tant qu'individu, moi et moi seule (c'est-à-dire le produit de mes molécules d'ADN soumis à certains facteurs environnementaux) vais aménager le petit lopin de terre à l'intérieur de mon crâne. Les premières années de notre vie, nous ne disposons que de peu de possibilités conscientes de « programmer » notre cerveau. À l'origine, je ne suis que le fruit de la terre et des graines dont j'ai hérité. Dieu merci ! notre ADN ne se comporte pas en dictateur. Grâce à la plasticité de nos neurones, au pouvoir de la pensée et aux progrès de la médecine moderne, il reste en fin de compte peu de choses contre lesquelles nous ne puissions pas lutter.

Peu importe la parcelle de terre que m'a transmise mon hérédité ; à partir du moment où j'assume la responsabilité de son entretien, plus rien ne m'empêche de cultiver les réseaux que je souhaite voir fleurir, ni d'extirper les mauvaises herbes dont j'aime autant me passer. Bien qu'il vaille mieux arracher une plante quand elle entame à peine sa croissance, même la plus tenace des ronces finit par dépérir à partir du moment où elle n'est plus alimentée.

La santé mentale de notre société dépend de celle des individus qui la composent. Il faut reconnaître que notre civilisation occidentale forme un environnement parfois hostile à notre hémisphère droit aimant et serein. Je ne suis sans doute pas la seule à le penser quand je songe au nombre de gens merveilleux dans notre société qui ont choisi de fuir la réalité en s'abrutissant d'alcool ou de substances illicites.

Il me semble que Gandhi voyait juste quand il disait : « Vous devez incarner le changement que vous souhaitez observer dans le monde. » La conscience de mon hémisphère droit a hâte de nous voir accomplir ce pas de géant en avant pour l'humanité tout entière et de « virer à droite » afin de transformer notre planète en ce lieu de paix et d'amour auquel nous aspirons tous.

Votre organisme tire sa force vitale de quelque cinquante milliers de milliards de cellules. C'est vous, et vous seul, qui décidez à chaque instant de votre manière d'être au monde. Je vous encourage à ne jamais perdre de vue ce qui se passe à l'intérieur de votre cerveau. Prenez votre vie en main. Laissez s'exprimer votre joie de vivre !

Et quand votre force vitale déclinera, je souhaite de tout cœur que vous transmettiez un espoir à ceux qui vous survivront en donnant votre cerveau à la Banque des cerveaux de Harvard.

Recommandations
en vue de la guérison

Appendice A

Dix questions cruciales

1. Avez-vous examiné mes yeux et mes oreilles ? Que suis-je encore capable de voir ou d'entendre ?
2. Est-ce que je distingue les couleurs ?
3. Est-ce que je perçois le monde en trois dimensions ?
4. Est-ce que j'ai la notion du temps qui passe ?
5. Est-ce que je reconnais encore les différentes parties de mon corps ?
6. Suis-je encore capable de distinguer une voix du brouhaha ambiant ?
7. Suis-je capable de me nourrir moi-même ? Est-ce que je possède encore la dextérité requise pour manier mes couverts ?
8. Ai-je trouvé une position confortable ? Ai-je suffisamment chaud ? N'ai-je pas soif ? Est-ce que je souffre physiquement ?
9. Le moindre stimulus agresse-t-il mes sens ? Si tel est le cas, donnez-moi des boules Quies sinon je ne parviendrai jamais à m'endormir,

et des lunettes de soleil pour que je ne sois pas obligée de fermer les yeux en permanence.

10. Suis-je encore capable de tenir un raisonnement cohérent ? N'ai-je pas oublié la fonction des chaussettes ou des chaussures ? Ou dans quel ordre les enfiler ?

Appendice B

Quarante points
à ne pas perdre de vue

1. Je ne suis pas idiote. Je souffre tout simplement. Accordez-moi un minimum de respect, s'il vous plaît !
2. Approchez-vous de moi, parlez lentement et articulez.
3. N'hésitez pas à répéter. Partez du principe que je ne connais rien à rien et reprenez depuis le début. Encore une fois.
4. Ne perdez pas patience, même si vous m'enseignez la même chose pour la vingtième fois.
5. Ouvrez votre cœur et ralentissez votre rythme. Prenez votre temps.
6. Méfiez-vous de ce qu'exprime à votre insu votre posture ou votre expression.
7. Regardez-moi. Je suis là ! Venez donc ! Encouragez-moi !
8. Je vous en prie, ne haussez pas le ton. Je ne suis pas sourde : je souffre d'un traumatisme.
9. Établissez avec moi un contact physique approprié aux circonstances.
10. Ne sous-estimez pas l'utilité d'un sommeil réparateur.
11. Ne gaspillez pas mon énergie. Éteignez la radio et la télé. Épargnez-moi la compagnie des bavards ! Quand vous me rendez visite, ne vous attardez pas plus de cinq minutes.
12. Stimulez mon cerveau quand je me sens suffisamment en forme pour acquérir de nou-

velles connaissances. Comprenez aussi que je me lasse vite du moindre effort.

13. Utilisez avec moi des jouets éducatifs ou des livres adaptés aux jeunes enfants.

14. Reliez-moi au monde par l'intermédiaire de mes cinq sens. Autorisez-moi à tout palper. Me voilà redevenue un tout petit enfant !

15. Apprenez-moi à mimer votre comportement.

16. Croyez-moi : je fais de mon mieux. N'établissez pas de comparaisons avec ce dont vous êtes capable.

17. Posez-moi des questions ouvertes de préférence.

18. Laissez-moi ensuite le temps d'y réfléchir et de formuler ma réponse.

19. N'évaluez pas mes capacités cognitives en fonction de la vitesse à laquelle je réfléchis.

20. Traitez-moi avec douceur et gentillesse, comme vous traiteriez un nouveau-né.

21. Adressez-vous à moi. Ne parlez pas de moi à la troisième personne en ma présence.

22. Redonnez-moi le moral. Partez du principe que je finirai par guérir un jour même si cela me prend plus de vingt ans.

23. Persuadez-vous que mon cerveau n'a jamais fini d'apprendre.

24. Décomposez la moindre tâche en une succession d'actions simples.

25. Identifiez les obstacles qui m'empêchent d'accomplir telle ou telle activité.

26. Exposez-moi notre objectif : il faut que je sache à quoi doivent tendre mes efforts.

27. Rappelez-vous que je ne progresserai pas en brûlant des étapes.

28. Félicitez-moi de mes réussites. Ce sont elles qui me donnent du cœur à l'ouvrage.

29. Je vous en prie, ne terminez pas mes phrases à ma place. Il faut à tout prix que je fasse travailler mon cerveau.

30. Si je ne retrouve plus certaines informations, mettez un point d'honneur à ce que je crée un nouveau dossier correspondant dans mon cerveau.

31. Il se peut que je tente de vous faire croire que j'en sais plus qu'en réalité.

32. Réjouissez-vous de mes succès plutôt que de vous lamenter sur mes échecs.

33. Parlez-moi de ma vie d'avant. N'allez pas croire que, parce que je ne suis plus capable de jouer d'un instrument, je n'apprécie plus la musique.

34. Rappelez-vous que, si j'ai perdu certaines facultés, j'en ai aussi acquis d'autres.

35. Entretenez les liens qui me rattachent à ma famille et mes amis. Collez par exemple au mur les cartes de vœux de bon rétablissement ou les photos que m'envoient mes proches.

36. Rameutez les troupes ! Formez une équipe de soutien. Transmettez la nouvelle à tout le monde afin que chacun puisse m'assurer de son affection. Tenez mes proches au courant de mon évolution et demandez-leur de m'encourager en m'imaginant de nouveau capable de me nourrir ou de me déplacer seule, par exemple.

37. Aimez-moi pour ce que je suis. N'insistez pas pour que je redevienne comme avant. Mon cerveau n'est plus le même.

38. Protégez-moi mais pas au point d'entraver mes progrès.

39. Montrez-moi de vieux enregistrements où l'on m'entend parler, où l'on me voit marcher.

40. Rappelez-vous que mon traitement médical me fatigue ou m'empêche de me sentir tout à fait moi-même.

Table